아버지는
그렇게 작아져간다

아버지는
그렇게 작아져간다

이상운 지음

길고 느린 죽음의 여정에서
우리가 할 수 있는 것들

문학동네

작가의 말

이 다큐에세이는 나의 아버지와 내가 함께했던 아주 특별한 여행의 기록이다. 아버지는 여든여덟 살이던 해에 병석에 들어 아흔두 살의 나이로 세상을 떠났다. 무더운 어느 여름날 시작되어 맑고 차고 건조한 어느 겨울날 끝난, 1254일간의 아주 별난 여로였다.

나는 고령의 병든 아버지가 당신 삶의 터전과 감정적 유대로부터 분리되지 않고, 당신 집의 당신 이부자리에서 생을 마감하게 되기를 바랐다. 그렇게 아버지의 마지막날들을 함께하는 동안 느끼고, 생각하고, 배운 바를 여기에 담았다.

이 다큐는 노화와 죽음의 과정을 처리하는 우리 사회의 일반적인 방법들에 대한 관찰과 성찰, 그리고 생로병사의 극적인 현장에 반응하는 나의 적나라한 내면의 기록을 담고 있다.

나는 아버지의 인생사나 가족의 사생활에 대해 시시콜콜 얘기하는 데 목적을 두지 않았다. 아버지 본인은 물론이고 아버지 인연들의 사생활은 대부분 괄호 속에 넣었으며, 필요할 경우 가족은 대개 '우리'라는 말로 통칭했다.

나는 이 에세이가, 죽음의 과정에 들어선 한 실존 생명의 개별 케이스에 대한 나 자신의 극히 실존적인 체험과 관찰 그리고 성찰의 기록으로 읽히기를 원한다.

바야흐로 백 세 시대라고들 한다. 우리는 더 오래 살 수 있게 된 만큼 더 많이 그리고 더 유별나게 노화와 죽음의 시간을 체험하게 될 것이다.

따라서 우리는 죽음에 대해 더 많이 생각하고 더 많이 친숙해져야 하며, 이 초고령 사회가 장차 어떠할 것이고 또 어떠해야 할 것인지 절실하게 묻고 섬세하게 설계해야 할 것이다.

메멘토 모리!

2014년 12월

이상운

차 례

낯선 우리집

생명이 다한 아버지의 육신을 흙으로 돌려보내는 발인날의 꼭두새벽이다. 겨울바람이 매섭고 차가운 12월 하순의 어느 날 새벽 네시, 나는 마흔 시간이 넘도록 잠을 자지 못하고 있다.

아무리 기다려도 잠은 오지 않는다. 나는 이리 뒤척이고 저리 뒤척이며 시간을 헤아리기만 한다. 시간을 잊어야 잠이 올 텐데 내 머리 자체가 시계가 돼버린 것 같다. 이제 잠이 드는가 싶은 순간이 있지만 바로 그 찰나에 잠은 마치 손으로 움켜쥔 물처럼 스르르 빠져나가버린다.

나는 지친 몸을 일으켜 앉아서 주위를 둘러본다. 아버지의 가까운 인연들이 제단 옆 휴식공간에는 물론 조문객 접대실 여기저기에 흩어져 누워 있다. 다행히 그들은 저마다 불편하나마 모두 잠들어 있는 듯이 보인다. 바깥은 차가운 겨울바람이 한창이지만 이곳의 온돌 바닥은 따뜻하고 포근하다.

뜬금없이, 복도에 세워놓은 저 많은 화환들은 다 어디로 치워지는 것일까 하는 궁금증이 인다. 애도하는 그 둥근 꽃장식의 행렬 너머, 복도 천장의 형광등 불빛이 더없이 창백하다. 기침 소리가 들려 누구인가 하고 고개를 돌려 찾지만, 지금 막 작동하기 시작한 냉장고 소리에 묻혀서 알 수가 없다. 불면으로 예민해진 내 귀에는 대형 냉장고의 모터 소리가 이륙하는 비행기의 굉음처럼 크게 들려온다.

나는 결단을 하고 일어선다. 이럴 게 아니라 집에 다녀오기로 하자! 꼬집어 말할 만한 특별한 이유나 구체적인 목적은 없다. 그저 그러고 싶다. 오지 않는 잠을 붙잡으려고 무용한 전투를 벌이고 있는 이곳을 떠나서, 아마도 평화롭고 고요할 게 분명한 우리집의 그 텅 빈 곳에 다녀오고 싶을 뿐이다.

나는 뒤척이며 힘겹게 잠들어 있는 사람들을 대강 살펴본다. 그리고 제단 앞으로 가서 아버지의 영정을 바라본다. 어머니 것과 함께 미리 준비해둔 것인데, 두 분은 그때 수의도 함께 마련해두었다. 꽤 오래전의 일이었다. 그래서 영정 속의 아버지는 최근의 모습보다 현저히 젊어 보이지만, 그렇다 한들 그게 무슨 상관이겠는가!

나는 옷을 챙겨 입고 구두를 신는다. 우리밖에 없는 장례식장은 그지없이 적막하고 그지없이 고요하다. 사무실의 야간 담당자도 책상에 엎드려 팔베개를 한 채 잠들어 있다. 땀을 뻘뻘 흘리며 아버지의 시신을 염하고 입관 작업을 했던 두 사람 중 하나다.

아버지는 골반이 비틀어지고 무릎이 굽어서 시신 아래에 칠성판을 대고 광목으로 힘껏 당겨 묶어줘야 했다. 그래야 시신을 관의 높이에 맞춰 넣을 수 있었다. 그 작업은 힘겨웠고 제법 시간을 잡아먹었다. 다행히 그 조처만으로 무사히 입관을 마무리할 수 있었다.

나는 화장실로 가서 거울을 본다. 거울 속의 내가 꿈속에서 보는 남처럼 멀게만 느껴진다. 나는 괜히 손을 씻고 물기를 꼼꼼하게 닦은 뒤 거울 속의 나와 작별하고 코트 깃을 바짝 세우며 계단을 올라간다.

출입문의 벌어진 틈으로 가녀린 비명을 지르며 찬바람이 들어오고 있다. 그 소리만으로도 온몸에 냉기가 돌면서 진저리가 쳐진다. 나는 제 스스로 걸음을 멈추려고 하는 천근의 몸을 억지로 이끌고 계단을 하나씩 올라간다. 그리고 아픈 어깨로 문을 밀치고 밖으로 나서니 매서운 찬바람에 온몸이 부르르 떨린다.

얼어붙은 거리는 어둠에 잠겨 있고 행인은 단 한 명도 보이지 않는다. 낯선 도시의 낯선 시간 속으로 막 들어선 것 같다. 나는 바람을 피해 한껏 몸을 웅크린 채 담배에 불을 붙인다. 그러나 서너 번 빨아당긴 뒤, 쓰기만 한 그것을 내던져버린다. 하늘을 올려다보니 별이 가득하다. 맑고 화창한 날이 되겠구나 예측하면서 위안으로 삼는다.

택시 한 대가 나를 발견하고 멈춰 섰다. 그가 가만히 기다린다. 잠시 갈등하던 나는 걸어가서 문을 열고 안으로 들어간다. 행선지를 알려주니 말이 없는 기사는 신호등을 무시하고 내처 달려간다.

아버지가 아프기 시작한 이후 아버지를 태운 구급차와 승용차에서, 그리고 나 홀로 택시를 타고 병원을 오가며 바깥을 내다보던 무수한 시간들이 떠오른다. 그럴 때면 차창 밖으로 보이는 풍경은 언제나 아득하고 멀게만 느껴졌다. 아픈 아버지가 있는 나의 이쪽 세계가 세상의 중심으로 클로즈업되면서 나머지 세상이 모두 희미한 배경으로 물러나버린 탓이었다.

그것은 내 마음의 반영이었다. 일종의 소외감이었는데, 그 감정은 아버지가 병석에 든 이후 줄곧 내 마음에서 떠나지 않았다. 아버지가 병석에 든 이후 나의 내면은 대체로 그런 풍경이었다. 죽어가는 인간의 상황은 그 자체가 소외된 것이다. 그 곁에서 동행하는 사람의 간접 체험도 크게 다르지 않다.

지하주차장이 없는 아파트는 밤이면 늘 자동차들로 만원이다. 잘 알고 있는 사실이지만 그 광경을 이렇게 이른 새벽에 접하는 건 처음이다. 나는 아파트 입구에서 조금 들어가다가 차를 세우게 하고 내린다. 그리고 후들거리는 다리로 잠자는 짐승들 같은 그들 사이를 빠져나가 계단을 오르고 건물로 들어가 엘리베이터를 탄다.

나는 어둠 속에 서서 잠시 기다리다가 마침내 열쇠를 꺼낸다. 며칠 전까지 아픈 아버지와 함께 살았던 우리집인데 마치 남의 집인 것처럼 기분이 이상하다. 안으로 들어서면 내가 알던 것과는 전혀 다른 풍경이 펼쳐져 있을 것만 같다. 이 낯선 감정의 정체가 무엇인지 모르겠다.

마지막 일 년 동안 아버지는 한껏 웅크린 채 잠들어 있을 때가 많았다. 그렇게 아버지가 누워 있는 안방은 시간이 줄어들고 있는 이상한 장소처럼 보였다. 그 이상한 곳에서 아버지의 몸과 정신이 스스로 풍화하고 있었다. 나는 안방 검은 자개장롱의 반짝이는 그림에서 학과 사슴과 봉황, 그리고 신선과 아이를 찾곤 했다.

이윽고 열쇠를 돌린다. 탁, 소리가 크게 울린다. 그러나 조금도 놀라지는 않는다. 단지 기묘하다고 느낄 뿐이다. 긴장감, 숙연함,

약간의 두려움, 그리고 낯섦, 비현실감…… 이런 것들이 물감처럼 뒤섞여 있다.

차가운 손잡이를 잡고 돌리는 내 손이 약간 경직된다.

바람 속의 티끌

아니다. 낯선 것은 아무것도 없다. 이곳은 익숙한 나의 집이다. 낯선 풍경 같은 게 있을 턱이 없다. 언제나 아버지가 누워 계시던 안방이 텅 비어 있다는 게 다를 뿐이다.

나는 방마다 불을 켜고 보일러를 틀고 소파에 앉아 잠시 숨을 고른다. 그리고 혹시나 하고 내 방으로 들어간다. 마지막 미련 때문이다. 전기장판을 켜고 한 시간이라도 눈을 붙여보려고 한다. 그러나 곧 포기하고 만다. 잠은 너무나 먼 곳으로 달아나버렸다. 내 이부자리에 누워도 잠은 오지 않는다.

더이상 자려고 애쓰지 않기로 한다. 내 몸이 잠들지 않고는 버틸 수 없는 상황이 되면 내가 모르는 사이에 제가 알아서 잠들어버릴 것이다. 그리고 언젠가는 진짜 잠이 나를 찾아올 것이다. 한번 잠들면 영원히 깨지 않을 길고 긴 잠이. 그러니 오지 않는 잠을 자꾸 구할 필요가 없다.

나는 음악을 조용하게 틀어놓고 집안 곳곳을 둘러본다. 모든 것이 정지되어 있다. 아버지가 삼 년 반을 힘겹게 생활한 안방의 밥상 위에는 아버지가 먹었어야 할 마지막 약이 놓여 있다. 시력이 좋지 않은 아버지를 위해 조그만 갈색 사기 종지에 약을 담아 드렸다. 그러면 하얀 알약이 도드라져 아버지도 그게 약이라는 걸 알아보기가 쉬웠다. 아침에 먹는 네 알의 약, 그 조그만 생화학물질 덩어리를 삼키기 전에 아버지의 시간이 멈췄다.

아침 식사를 조금 한 뒤였다. 근래 들어 잠이 더 많아지고 동작이 더욱 굼떠 보이던 아버지는 갑자기 몸을 잘 가누지 못했다. 그러더니 자리에 눕게 되자 눈을 감은 채 큰 숨을 몇 번 쉬고는 그길로 슬그머니 떠나버렸다. 인상을 찌푸리지도 신음 소리를 내지도 않았다. 그저 갑자기 잠이 든 것 같았다.

밥상 위에는 도자기 약종지 외에 탁상용 액자와 휴지 그리고 연필과 조그만 책자들이 있다. 잠시 서성거리다가 응접실과 주방과 욕실을 거쳐 다시 안방을 오가며 찬찬히 둘러보니 여기저기 아버지의 시간과 함께하다가 멈춰버린 것들로 가득하다. 어떤 것들은 조금, 어떤 것들은 대량으로 구매한 것이 거의 그대로 남아 있다.

아버지가 아프기 전에 쓰던 작은 손가방을 열어본다. 도수 높은 안경 하나와 주인이 누구인지 알아볼 수 없는 빈 지갑뿐이다. 입원했을 때 아버지가 지녔던 지갑인데, 그때는 지폐 몇 장과 함께 아버지의 주민등록증이 들어 있었다. 그러나 그후 아버지의 주민등록증은 나의 지갑으로 자리를 옮겨왔다. 내가 대신 아버지의 일들을 처리해야 했기 때문이다. 혹시나 싶어 지갑 안을 샅샅이 뒤져보니 좌석버스 승차권 한 장이 나온다. 920번. 오래전에 없어진 노선이다.

안방 한쪽 구석에는 최근에 내가 대량으로 구매한 성인용 기저귀와 위생깔개, 그리고 위생깔개를 요에 고정시킬 때 사용하는 박스테이프 따위가 고스란히 남아 있다. 기저귀를 갈 때 사용하는, 한 장씩 접어놓은 신문지도 제법 많이 쌓여 있다. 이제 모두 다 쓸모를 잃었다. 겨울철에 아버지를 목욕시킬 때 사용한 전기난로도 이제 더이상 쓸 일이 없을 것이다.

다양한 연고류와 반창고, 솜 따위의 약품이 담겨 있는 동그란 나무그릇 옆에는 오랫동안 아버지와 함께한 탁상시계와 라디오,

그리고 아버지가 병석에 든 뒤에 내가 구입한 화이트보드가 있다. 아버지는 청력이 바닥 수준이었다. 화이트보드에 매직으로 크게 글씨를 써서 보여주면 아버지가 돋보기를 두 개나 대고 들여다보곤 했다. 이제는 모든 것이 깨져버린 레코드판처럼 다시는 재연되지 않을 것이다.

병원에 가야 할 날짜와 간병인이 쉬는 날, 약이 떨어지는 날 등을 표시해놓은 달력과 양치질 받침대로 쓰던 상아색 세숫대야, 그리고 박스째 사다 쓰던 관장약, 식탁 위에 아침·점심·저녁으로 분류해 번호를 붙여놓은 약봉지들, 밥을 나르던 사각형 쟁반, 음식을 잘게 써는 데 사용한 가위, 휠체어…… 아버지와의 인연이 마감된 사물들을 나는 하나하나 출석을 부르듯이 바라본다.

베란다의 건조대에는 연회색 바지가 널려 있고, 세탁기 안에는 마지막 빨랫감으로 수건 두 장과 내복 상의 그리고 청색 울카디건이 들어 있다.

눈이 뻑뻑하다. 단 삼십 분이라도 잘 수 있으면 좋으련만! 소파에 깊숙이 몸을 묻고 긴 한숨을 쉰다. 흐르는 시간이 온몸에 느껴진다. 몰랐던가, 시간은 흐르는 것이다. 그러나 이 특별한 불면의 꼭두새벽, 흘러가는 시간이 차가운 물처럼 온몸에 느껴진다. 시간과 내가 한몸으로 진저리를 친다.

눈을 감는다. 아버지를 떠올린다. 정확히 말하자면 생명이 빠져

나간 뒤의 아버지 얼굴을 생각한다. 평소 들어온 대로 아버지도 잠을 자는 것 같았다. 그러나 평소의 잠든 모습과는 사뭇 달랐다.

생존시 아버지의 잠든 얼굴에는 오래된 고통과 고뇌가 뒤엉켜 있었다. 그 모습은 언제나 나를 무거운 슬픔에 젖게 했다. 태아처럼 다리를 한껏 오므리고 온몸을 웅크린 채 모로 누워 잠들어 있는 피폐한 늙은 얼굴엔 언제나 깊은 피로와 고독과 고통이 어려 있었다. 그런데 시신의 얼굴엔 바로 그런 것들이 사라지고 없었다.

나는 조문객을 맞이하며 분주한 중에 잠깐 짬을 내어 한번 더 아버지를 보았다. 염을 하고 입관을 할 때 아버지의 가까운 인연들이 다 함께 그 모습을 보게 되지만 그전에 나 홀로 한번 더 보고 싶었다. 여전히 변함없이 편안하고 평화로운 얼굴인지 다시 보고 싶었다.

나는 담당자를 따라 안치실로 갔다. 그가 은색 벽에서 금속 손잡이 하나를 잡아당기자 허리 높이만한 작업대 위에 누워 있는 아버지의 시신이 끌려나왔다. 얼굴을 덮은 천을 벗기고 아버지를 보았다. 조금도 변함이 없었다. 생존시의 그 켜켜이 쌓인 듯한 고뇌와 고통의 그림자는 보이지 않았다. 나는 싸늘한 이마에 손을 얹고 잠시 있었다. 그리고 속으로 말했다.

"긴 세월 고생하셨어요, 아버지! 이제 편히 쉬세요!"

어느새 창밖이 검정색에서 회색으로 변해 있다. 이렇게 시간은 흐르고 있다. 끝없이 흘러서 우리 모두를 데려갈 것이다. 때가 되면 그 흐름에 몸을 맡겨야 한다. 삶은 그런 것이다. 흘러가는 것! 머무르려고 발버둥치면 고통만 커질 뿐이다. 나는 눈을 감고 캔자스Kansas의 〈더스트 인 더 윈드Dust in the Wind〉를 듣는다.

잠시 눈을 감으면

그 순간은 지나가버려요

내 모든 꿈이 눈앞에서

지나가버려요

호기심도 바람 속의 티끌

모든 게 바람 속의 티끌이지요

똑같은 옛 노래요

영원의 바다에 떨어지는

작은 물방울 하나이지요

원하지 않아도 우리의 삶은

모두 흙으로 사라지고 말아요

집착하지 마세요

하늘과 땅 말고는

아무것도 영원하지 못해요

모두가 사라져버려요

전 재산을 다 내놓는다 해도
단 일 분도 사지 못해요
바람 속의 티끌이에요
우리는 바람 속의 티끌이에요
세상만사 바람 속의 티끌이에요

음악을 끄고 보일러를 멈추고 전등 스위치를 하나하나 내린다. 나와 동행하던 모든 사물들이 회색 어둠 속으로 잠겨든다. 나는 다시 외투의 단추를 채우고 우두커니 서 있는다.

조명이 꺼진 무대에 홀로 선 기분이다. 적막하기가 그지없다. 누구나 마지막 무대는 이러하리라. 대본도 없이 홀로 무대에 올라 단 한 명의 관객, 즉 자기 자신과 더불어 막을 내려야 한다. 달리 어쩔 수가 없다.

나는 전화를 걸어 콜택시를 부른다. 콜택시는 지방 중소도시의 편리함 중 하나다. 서울에서는 통하지 않는 일이다. 전화로 요청하면 삼 분 전후에 택시가 집 앞으로 온다. 안내하는 여자가 삼 분이라면서 자동차의 번호를 불러준다. 나는 잠시 더 우두커니 서 있는다. 그런 다음 힘을 내어 문을 열고 밖으로 나간다.

이제 몇 시간 뒤면 우리는 떠날 것이다. 아버지와 함께 국도를 달려서 평화로운 묘지에 당도해 차갑고 맑은 겨울 하늘 아래에서 소박한 의식을 치를 것이다. 그리고 아버지를 땅에 묻으면 그로써 당신은 자연 속으로 소멸되는 마지막 여로에 들어설 것이고, 우리는 좀더 살기 위해 각자 자기 삶의 현장으로 돌아가게 될 것이다. 그리고 시간은 계속 흘러서 다음엔 결단코 바로 우리들 차례가 될 것이다.

어느 날 갑자기

삼 년 반 전, 어느 여름날이다. 고령의 아버지에게 죽음의 신호가 온다. 이거 뭔가 이상한데, 하고 본인이 자각하고 우리가 그 사실을 알게 된 것은 아버지의 몸이 불처럼 뜨거워졌기 때문이다. 흔히 하는 말로 온몸에 열이 펄펄 끓는다.

그 고열을 신호로 아버지는 삶의 마지막 여로, 즉 죽음의 과정에 들어가게 된다.

공교롭게도 병원에 다녀온 다음날이다. 십 년 이상 아버지와 어머니가 함께 일 년에 한 번씩 약소한 건강검진을 받아온 개인병원인데, 중년의 원장은 '건강 상태가 양호하다'고 했다고 한다. 그런데 자고 나니 열이 펄펄 끓고 있다. 이게 무슨 일인가.

이와 같은 고열은 아버지가 지난 수십 년 동안 전혀 겪어본 적 없는 병증이다. 이건 나의 추정이지만, 그래서 아버지는 이제 죽나보다, 하고 형언할 수 없는 불안에 빠져든다.

열이 난다고 해서 이제 죽으려나보다고 생각하는 사람은 없다. 그러나 나이가 많을 경우엔 얘기가 달라진다. 평균 수명을 훨씬 넘겼다면, 어느 날 갑자기 열이 나거나 어딘가 아프다면, 이제 죽음의 길로 들어서나보다고 생각하게 될 것이다. 여든여덟 살의 아버지가 그렇게 느끼는 것은 조금도 이상할 게 없다.

우리는 그런 아버지에게 병원에 가자고 한다. 하지만 아버지는 일언지하에 거부한다. 그 상태로 집에 있다가 죽겠다고 한다. 아버지는 완강하게 거절한다. 나는 아버지의 그런 반응도 전혀 이상할 게 없다고 생각한다.

아버지의 몸은 많은 곳이 그 쓰임새가 다해 막바지에 와 있는데, 수년간 그 고통을 일상적으로 겪어온 본인이 누구보다도 잘 알고 있다. 무릎 연골이 거의 다 닳아서 걸어다니기가 큰 고통이고, 전립선 비대로 소변보기도 힘들며, 만성변비에 혈압도 관리해야 한다. 무엇보다도 청력이 바닥 수준이고, 황반변성으로 시력 또한 좋지 않다.

아버지는 장수라는 특별한 행운을 누렸지만, 장수하면서 마지막 순간까지 웬만한 수준의 건강까지도 누리는 더 특별한 행운은 갖지 못한 분이었다.

"이 나이에 병원에 가서 무얼 어쩌겠다는 거냐?"

아버지의 말도 옳다. 그 자체로는 옳다. 인간은 수명이 다하면 죽는 것이 마땅하다. 누구도 예외는 없으며 이것은 저항할 일이 아니다. 때가 다가오면 받아들여야 한다. 그리고 자기 삶으로부터 분리되어 낯선 병원의 침대 위에서가 아니라, 가능한 한 자기가 오랫동안 살아온 집에서, 익숙한 자신의 방에서, 익숙한 냄새와 분위기 속에서 죽는 게 가장 좋다.

하지만 그 '때'라는 것을 누가 어떻게 판단하는 것일까? 본인이 주장하면 그런 것인가? 아니면 가족이?

우리는 누군가가 아프면 바로 병원으로 데리고 간다. 아버지처럼 나이가 많은 노인의 경우도 예외가 아니다. 생명에 관한 한 목숨을 계속 안정되게 연장하는 것이 가장 시급하고 중요한 문제이기 때문이다. 그러니 그 방면으로 우리보다 능력이 월등한 전문가들이 모여 있는 병원을 찾는 것은 당연한 일이다.

우리도 아버지를 병원으로 데려가려고 한다. 발병한 아버지의 병을 다스리고 생명이 연장되기를 바라기 때문이다. 우리의 이러한 반응도 옳은 것이다. 우리는 아버지가 그 나이에, 그 몸 상태를 한 노인으로서 불편한 게 한두 가지가 아닌 중에도 그때까지 정상적인 생활을 해왔다는 걸 잘 알고 있다. 아버지는 스스로 목욕을 하고 밥도 짓고 설거지도 하곤 했다.

그러나 아버지는 우리의 말을 듣지 않는다. 곧 죽을 테니 병원엔 갈 필요가 없다는 말만 한다. 하지만 아버지의 생각과 달리 죽음은 빨리 찾아와주지 않는다. 아버지는 아무것도 먹지 못하고 물만 마시면서 신음 소리를 토해내더니 어느 날 긴 한숨과 함께 탄식하듯 내뱉는다.

"아, 죽기도 힘들구나!"

초고령에 몸의 모든 기능이 바닥인 상황이라면 죽음이 어서 찾아와주는 것이 복일 것이다. 하지만 아버지의 기대대로 흘러가지 않는다. 그것은 선택할 수 없는 일이다. 애초에 자신의 생명을 스스로 선택할 수 없었듯이 죽음도 선택할 수 없다.

사는 것도 힘들지만 죽는 것도 힘들다!—아버지의 이 말은 의도하지 않은 예언이 되는데, 아버지는 결국 이 예언을 남기고 우리의 뜻을 받아들인다.

우리는 포항을 떠나 부산의 종합병원에 아버지를 입원시킨다. 그 병원을 선택한 것은 몇 가지 현실적인 편의 때문이다. 우리는 걱정이 한가득이긴 하지만 병원에서 전문적으로 잘해줄 테지 하는 기대와 믿음에 마음을 조금은 놓는다. 그러나 현실은 기대와 다르다. 이때부터 상황이 몹시 급박하게, 낯설게, 혼란스럽게, 고통스럽게 돌아가기 시작한다.

아버지는 죽음에 대해 본능적으로 강한 두려움을 가졌던 것 같다. 아마 다소 차이는 있겠지만 누구나 그럴 것이다. 그렇지 않은 경우도 당연히 있겠지만, 의연하고 태연하게 죽음을 받아들일 수 있는 사람은 극소수일 것이다. 죽는다고 해서 아쉬울 게 없는 나이라고 해도 죽음이 두렵기는 마찬가지다.

하지만 우리들 대부분은 착각하고 있다. 살 만큼 산 사람들은 자신의 죽음에 대해 초연한 태도를 유지할 수 있을 거라고 잘못 생각하는 것이다. 나도 아버지가 어느 정도는 자신의 죽음에 대해서 정신적으로 대비가 되어 있겠거니 하고 잘못 생각했다.

한 지인도 유사한 경험을 내게 말해준 적이 있다. 그의 아버지는 팔십대 중반이었는데 허리가 고장나 꼼짝도 못하게 되었다고 한다. 그래서 병원에 가서 수술을 하자고 했더니 극구 거부했다고 한다. 그 이유는 수술을 하다가 죽으면 어쩌느냐는 두려움 때문이었다고 한다.

'살 만큼 사신 분이고, 또 어차피 죽음이 코앞에 다가와 있는데 그렇게 죽음을 두려워하다니 의아했다'고 그 지인은 말했다. 많은 경우, 우리는 이렇게 노년의 정신 상태에 대해 잘못 이해하고 있다.

살 만큼 살았다고 해서 죽음에 대한 본능적인 공포가 저절로 극복되는 것은 아니다. 젊은 사람들에게 죽음이 공포의 대상인 것처럼, 늙은 사람들에게도 죽음은 공포의 대상이다. 죽음은 다른 일들과 달리, 우리들 각자가 고독하게 홀로 대면해야 하는 맨 처음이자 마지막인 삶의 사건이기 때문에 더욱 그렇다.

병원에서 나는 비로소 깨닫는다. 아버지에게도 그렇지만 우리에게도 이 모든 것이 처음 겪어보는 낯선 일이다. 탄생 이후 삶의 모든 단계가 그렇지만, 죽음의 과정은 그야말로 처음 걸어보는 특별한 여행길이다. 게다가 이 여행은 그 누구와도 함께할 수 없는, 오로지 자기 자신만이 홀로 걸어가야 하는 그야말로 첫 경험이자, 두 번 다시 반복되지 않을 단 한 번뿐인 경험이다.

낯선 여로에 들어

병실에서의 첫날밤, 우리는 잠들지 못한다. 아버지도 나도 잠들지 못한다. 아버지는 내가 짐작만 할 뿐 체감할 수 없는 강한 불안감 때문에 신경이 곤두서서 잠들지 못하고, 나는 불편한 잠자리와 뒤숭숭한 상념, 그리고 아버지가 자신도 모르는 사이에 토해내는 신음 소리 때문에 잠들지 못한다.

나는 자다 깨다 하며 밤새도록 뒤척이기만 한다. 그 와중에 느닷없이 병원 뒷길을 질주해 지나가는 오토바이의 굉음이 들려와 깜짝 놀란다. 오토바이 두 대가 몇 초 간격을 두고 귀를 찢는 굉음을 토하며 미친듯이 달려간다.

폭주족. 자신의 외로움을 발작적으로 과시하는 외로운 아이들.

내 속에 슬픔과 헛웃음이 동시에 피어오른다. 그래, 열심히들 까불어라. 때가 되면 너희들에게도 노화와 질병과 죽음이 찾아올 것이다.

아버지는 그 거친 소음조차 듣지 못하는 것 같다.

나는 어떻게 지나갔는지 알 수 없는 하룻밤을 보내고 이른 아침에 느려터진 엘리베이터를 타고 구층에서 아래로 내려간다.

'야, 이거 보통 일이 아닌데, 어쩌지? 이제 어떻게 되는 거지? 앞으로 어떻게 해야 하는 거지?'

머릿속에서는 이런 질문들이 끝없이 맴을 돌지만 도무지 답을 얻을 수가 없다. 오래전부터 막연히 생각해오던 아버지의 죽음이 이제 진짜 현실의 일이 되었다는 것만이 또렷이 의식될 뿐이다.

로비에서는 아무 일도 아니라는 듯 모든 것들이 활기차게 돌아가고 있다. 그 모습이 이상하게 다가온다. 지독한 몸살을 일주일쯤 앓고 난 뒤에, 아직 아픈 몸을 이끌고 삶의 현장으로 복귀했을 때와 같은 느낌이다. 나의 부재에도 불구하고 모든 것들이 조금도 변함없이 평소 그대로 돌아가고 있지 않던가!

나는 긴 접수대 앞의 의자에 앉는다. 비스듬히 몸을 돌려 커피

판매점의 중년 남자를 멍하니 바라본다. 그는 바쁘게 움직이고 있다. 익숙하게 계산되어 있을 하루분의 커피와 생과일주스 등을 준비하고 있다. 이후 한동안 나는 그 커피숍을 자주 찾게 된다.

조금 뒤, 밖으로 나간다. 한낮의 열기에는 댈 바가 아니지만 벌써 여름의 기운이 바짝 다가와 있다.

여기저기 이미 어슬렁거리는 환자들 천지다. 나는 그들 사이에 끼어서 담배를 피운다. 잔잔한 불안이 파도처럼 잇달아 밀려온다. 고작 하룻밤이 지났는데 이미 일주일은 된 것 같다.

나는 두 개비째 담배를 피우며 한밤중에 아버지가 낸 신음 소리에 대해 잠시 생각한다. 그 신음 소리는 아버지에게 '섬망'이라는 정신과적 증세가 찾아오고 있다는 신호였다. 그러나 이때만 해도 나는 그 소리가 무엇을 의미하는지 전혀 알지 못했다. 정말로 순전히 육체적인 아픔 때문에 나오는 신음이겠거니 했다.

나는 하나씩 배워가고 있다. 한 육체가 긴 생을 살고서 이제 죽음의 과정으로 들어가는 일은 당사자인 아버지에게만이 아니라, 곁에서 도움을 주고 있는 나에게도 철저히 첫 경험이다.

전날 오후, 아버지는 회한이 가득한 늙은 얼굴로 양옆에서 부축을 받으며 의사를 만나고, 혈압을 재고, 체중계에 올라서고, 병실로 이동했다.

다인실은 너무 어수선하고 빈 2인실이 없는 관계로 특실을 썼다. 좀 쓰지 뭐, 라고 우리는 생각했다. 간이침대 겸용 소파, 탁자와 의자, 냉장고가 있는 조그만 주방이 있었고, 서쪽과 남쪽 벽이 통유리로 되어 있어서 전망이 좋았다. 그러나 아버지의 눈은 그런 아름다움을 즐길 수 없으니 결과적으로 그건 우리를 위한 것이 되었다. 내가 기억하는 한, 아버지는 발병해 이렇게 병원에 입원해본 적이 없었다.

입실 직후부터 침대 위의 아버지에게 온갖 물질이 공급되기 시작했다. 일주일간 밥을 거의 못 먹었으니 우선 영양제, 거기다 열이 펄펄 끓고 있으니 그 이유는 모르지만 일단 해열제와 항생제 따위였다.

간호사들이 여러 차례 피를 뽑아갔고, 엑스레이 촬영기사가 이동장비를 가지고 나타났다. 그는 아버지의 망가진 몸을 이리 돌리고 저리 돌리고 난리를 치더니 떠나갔다.

병실에 적막이 흘렀다. 슬픔, 무력감, 생명에 대한 피곤한 회의, 이런 것들이 안개처럼 내 가슴속에 피어올랐다. 아직은 할 일이 없었다. 어떤 일이 기다리고 있는지 나는 조금도 상상하지 못했다. 이미 태풍 속에 들어와 있는데도 그 사실을 전혀 모르고 있는 것과 같았다.

잔잔한 슬픔과 불안, 무력하고 부서지기 쉬운 인간 존재 자체에 대한 연민과 약간의 막연한 분노 속에 낮이 다 지나가고 저녁이 왔다. 문득 창밖을 보니 서쪽 하늘에 진회색 구름띠를 거느린 기가 막힌 노을이 펼쳐져 있었다. 나는 감탄하여 커튼을 걷으며 아이처럼 외쳤다.

"아버지, 저기 좀 보세요."

그러고는 아차 하고 얼른 입을 닫았다. 아버지의 눈이 그걸 볼 수 없다는 걸 잊고 있었다. 하지만 다행히도 아버지는 나의 외침을 제대로 알아듣지 못했다.

다행히도! 아버지는 눈이 잘 보이지 않을 뿐만 아니라 귀도 잘 들리지 않는다! 다행히도!

그 서글픈 아이러니에 가슴이 아렸다.

저녁 식사 후 주치의가 왔다. 내일 혹은 모레쯤 고열의 원인이 무엇인지 알 수 있는 검사 결과가 나올 거라고 했다. 아무런 권한도 없는 비전문가인 나는 그저 "아, 네, 네" 하고 말할 뿐이었다. 그러자 그가 "그럼" 했고, 내가 다시 "네, 네" 했다. 그런 다음 의사는 함께 온 레지던트와 간호사를 데리고 나가버렸다. 뭔가 아쉽고 불만스러웠지만 딱히 누구에게 무엇이 그렇다고 객관화시켜 표현할 만한 내용이 있는 것도 아니었다.

그리고 밤이 왔다. 그것으로 본격적인 간병이 시작되었다. 물론 아직은 초보 수준의 간병이다. 그저 아버지와 함께 자면서 곁을 지켜주는 것, 소변을 마려워할 때 재빨리 소변통을 대령하는 것(이것은 빈번하고 돌발적이기 때문에 좀 괴롭다), 빈 컵에 물을 채우는 것, 수건이나 휴지 등을 대령하는 것 등, 환자를 대신해 그때그때 즉시 수족을 움직여주는 것이다.

그런데 한밤중에 이상한 현상을 목격했다. 간신히 잠들어 한 시간도 못 되었을 때였다.

"아야! 아야!"

아버지가 아주 크게 신음 소리를 냈다.

'이게 무슨 소리지?'

눈을 뜨고 보니 아버지는 침대에 앉아 있었다.

"아야! 아야!"

아버지가 반복해서 소리를 냈다.

나는 잠시 멍청하게 가만히 있었다. 상황 파악이 안 되어서였다. 그러다가 이윽고 생각하기 시작했다.

'저렇게 아픈가? 낮에는 안 그랬는데, 밤이 되면 통증이 더 심해지는 건가?'

그럴 것도 같았다. 하지만 뭔가 느낌이 이상했다. 그저 앓는 소리라고 하기에는 박자를 너무 잘 타고 있었다. 또한 아버지는 앓는 소리에 정확히 맞춰 두 손으로 자신의 종아리를 주무르고 있었다.

'그렇다면 종아리가 그렇게나 아픈가? 저런 신음 소리가 나올 정도로?'

게다가 그 소리는 가만히 듣고 있으면 약간 곡소리 같기도 했다.

나는 한참을 지켜보았다. 찬찬히 관찰을 해야 무슨 일인지 어느 정도라도 파악이 되는 법이다. 그래서 그렇게 했다. 하지만 관찰만으로는 전문적인 지식에 이를 수 없다. 나는 아버지의 그 신음 소리가 의학적으로 '섬망' 증세의 하나라는 것을 전혀 알지 못했다. 일반적 수준으로라도 그 방면에 대해서 들은 바가 없었기 때문이다.

섬망은 불면, 초조, 안절부절못함, 소리지르기 같은 과다 행동이나 환각 등이 자주 나타나는 증세를 말한다. 그래서 노인 환자의 경우 치매로 오인되기도 하는데, 둘은 전혀 다른 것이다. 치매는 뇌세포가 파괴되어 저러한 증상이 나타나는 것이고, 섬망은 뇌기능이 일시적으로 장애를 일으켜 저러한 증상이 나타나는 것이다. 따라서 치매 환자는 시간이 갈수록 증세가 심해지지만, 섬망 환자는 시간이 지나면 정상으로 되돌아온다.

섬망의 원인이 무엇인지는 아직 충분히 밝혀진 것 같지 않다. 근래의 한 발표에 의하면, "뇌의 각 부위별 활성화 정도를 보여주는 기능성 자기공명영상fMRI을 이용해 섬망 환자들에게서 공통적으로 관찰되는 뇌기능 부조화 기전mechanism"을 찾아냈다고 한다(세계일

보, 2012. 5. 15). 왜 그런 현상이 일어나는지 밝혀지면 좋은 치료법도 만들어낼 수 있을 것이다.

내가 겪고 이해한 바를 일상적인 수준의 언어로 말하자면 섬망이란 이런 것이다. 즉, 심한 육체적 정신적 스트레스와 쇠약으로 인해 뇌가 정상적으로 자신과 현실을 감당하기 어려워 엉망진창이 된 것이다. 정말 견디기 어려운 일을 당하면 기절하거나 실성하는 등 혼란에 빠지는 일이 생기는데, 그런 정도로 이해하면 될 것 같다. 문제는 고령 환자의 경우 단기간에 정상으로 회복되지 않고 긴 세월 그 증세가 지속된다는 데 있다.

한 통계에 의하면 내외과계 입원 환자의 15퍼센트 전후, 노인의 경우 20 내지 50퍼센트 전후로 경중의 섬망 증세가 나타난다고 한다. 아버지는 병원에 입원하면서 가벼운 증세가 나타나기 시작해 오륙 개월 동안 중증의 증세를 보였고, 그후 조금씩 회복되었으나 일 년 이상 지속되다가 점점 약해져 나중에는 증세가 거의 사라졌다.

그날 밤 병실의 나는 섬망 병증에 대해서 전혀 알지 못했다. 당연히 앞으로 아버지가 그 때문에 심한 고통을 받게 되고, 더불어 우리 또한 단순한 간병과는 다른 차원의 큰 고통을 받게 되리라고는 더더욱 생각도 하지 못했다.

잠을 자지 못해 머리가 지끈지끈 아파왔다. 눈도 따가웠다. 아버지의 신음 소리를 더이상 듣고 있을 수가 없었다. 나는 보조 잠자리에서 지친 몸을 일으켜 아버지에게 다가갔다. 아버지는 내가 당신 앞에 서도 알아차리지 못하고 계속 신음 소리를 내고 있었다.

"아버지!"

나는 무릎을 굽혀 눈높이를 맞추며 아버지를 불렀다. 반응이 없었다.

"아버지! 아버지!"

다시 부르며 어깨를 잡고 약간 흔들자 그제야 나를 알아보았다. 그 순간 아버지는 곡소리 같은 그 외침을 뚝 그쳤다.

나는 당황했다.

'아파서 지른 소리가 아닌가? 갑자기 통증이 없어진 것은 아닐테고, 뭘까?'

혼란스러웠다.

"아버지, 도대체 어디가 그렇게 아프세요?"

내가 물었다. 아버지는 멀뚱하니 나를 쳐다보았다.

"왜 그렇게 소리를 지르세요?"

다시 물었다. 아버지의 눈이 동그래졌다.

"응? 내가 소리를 질렀어?"

"네. 잠을 못 자겠어요."

아버지는 납득이 안 된다는 표정이었지만 고개를 끄덕였다. 나중에 알게 되지만, 섬망 증세를 보이는 환자는 자신이 그런 행동을 한다는 사실을 전혀 자각하지 못한 상태에서 그렇게 하게 되는데, 아버지도 마찬가지였다.

"아, 그래. 알았다."

아버지가 미안하다는 듯 말했다.

"아버지도 좀 주무셔야죠."

"그래, 자야지. 어서 자거라."

중언하자면, 이때만 해도 나는 아버지의 정신에 무슨 일이 생기고 있는지 전혀 알지 못했다. 모든 첫 경험은 강렬하기 마련이지만 그 의미가 무엇인지는 시간이 지나서야 알게 되는 법이다.

나는 아버지가 실제로 심하게 아픈 모양이라고만 생각했다. 그래서 그렇게 신음 소리를 토해낸 것이라고. 당연히 여기저기 아프기도 했을 것이다. 온몸의 기능이 시원찮은데다 고열에 시달리면서 일주일 넘게 제대로 먹지도 못한 상태였으니 말이다.

집에 가고 싶다

다시 날이 밝는다. 밤새 거의 자지 못했음에도 불구하고 아버지는 낮 동안에 겨우 잠깐씩 조는 정도로만 잠을 잔다. 나도 순간순간 쪽잠을 자면서 지치고 슬픔에 젖어 있고 화가 나 있는 나의 뇌를 달랜다.

낮 동안 아버지는 신경에 거슬리는 그 '아야!' 소리를 내지 않는다. 하지만 밤에는 또 그 소리를 낸다. 끝없이 "아야! 아야!" 하고 망가진 옛 레코드판처럼 반복해댄다. 그러다가 내가 끼어들면 멈추고 한동안 조용해지지만 내가 스르륵 잠이 들려고 하면 또다시 그 소리를 낸다. 마치 나를 잠들지 못하게 하려고 일부러 그러는 것 같다.

그렇게 전쟁 아닌 전쟁 같은 기묘한 둘째 날 밤이 지나간다. 세면실 거울로 들여다보니 내 눈은 별처럼 멀리 퀭하게 들어가 있다. 아프기 시작해 이제 열흘이 된 아버지의 얼굴도 엉망진창이다. 그야말로 흙빛인데 잠깐 잠들어 있을 때 보면 시신이 아닌가 싶을 정도다.

아니다, 시신이라니. 여기서도 첫 경험자로서 나의 무지가 드러난다.

사람은 죽으면, 심한 상해를 당한 경우를 빼고는 얼굴이 창백해지면서 죽기 전보다 오히려 깨끗해 보이는 게 일반적이다. 사망한다고 해서 피가 바로 응고되지 않는데, 이 유동적인 피가 중력에 의해 몸의 하단으로 쏠리게 된다. 대부분의 경우 누운 자세로 임종을 하므로 당연히 사자의 얼굴에 있던 피도 중력의 힘에 끌려 두개골 뒤쪽으로 내려가기 때문에 안색은 생존시보다 더 하얗게 보일 수밖에 없는 것이다.

밝은 대낮은 그지없이 적막하다. 바깥의 허공은 뜨거운 여름의 열기로 가득한데, 시원한 병실에서 그 백색 허공을 보고 있으면 온 정신이 몽롱해져버린다. 수면이 부족한 내 몸은 살바도르 달리의 녹아내리는 시계 속에 들어가 있는 것처럼 모든 현실을 비현실적으로 감지한다.

그런 상태에서 나는 죽음을 생각한다. 아니 생각하는 게 아니다. 끝없이 떠오르는 두서없는 상념들을 그저 따라다닐 뿐이다. 그것들은 노곤하게 사나워진 나의 뇌 이쪽저쪽에서 나비떼처럼 나풀거리고 있다. 하지만 지금껏 그래왔듯이, 죽음의 과정에 들어가 있는 아버지를 바로 곁에서 지켜보고 있다고 해서 특별한 뭔가가 손에 잡히지는 않을 것 같다. 내가 곁에서 동참하고 있어도 그 일을 겪는 것은 아버지 혼자일 뿐이니까.

남의 죽음을 체험할 수는 없다. 그렇다고 해서 내가 늙어서 죽음의 단계에 들어서면 뭔가를 알게 될 거라는 소리도 아니다. 단지 내가 당사자로서 그 과정을 직접 체험하게 될 거라는 말일 뿐이다. 아마도 죽음 자체를 포착하는 것은 불가능할 것이다. 어쩌면 아무것도 손에 잡히지 않을 것이다.

사실 우리는 죽음 자체와 싸우는 게 아니다. 잠이 오지 않아서 뜬눈으로 밤을 새운다거나, 바깥에서 들려오는 자동차 소리나 익숙하지 않은 병실 침대의 불편하기 짝이 없는 감각 같은, 온갖 종류의 성가시고 고통스럽고 불편하고 혼란스러운 잡다한 것들과 싸우다가 죽음을 맞이하게 된다.

철학자 비트겐슈타인은 말한다. “죽음은 삶 속의 사건이 아니어서 우리는 살면서 죽음을 체험할 수 없다."

다른 한편, 심신이 아직 극히 양호한 상태에 있는 사람들은 곧잘, 내가 늙어서 죽을 때가 되면 이렇게 저렇게 할 거라는 식의 말들을 한다. 젊어서 한창 정신이 명료할 때라면 모를까, 충분히 살고서 이제 늙어 죽어가는 마당이라면, 그게 얼마나 실천 가능할지 정말로 의문이다.

극소수 예외적인 사람들이 있긴 하지만, 내가 본 바에 따르면 노년에 들면 육체 못지않게 정신의 기능도 형편없이 무력해진다. 인간이 뭔가를 해내려면 육체의 힘과 더불어 정신의 에너지, 즉 판단력과 실천력이 있어야 한다. 그러나 늙으면 그 또한 육체처럼 무기력해져 있으니, 심신이 극히 양호한 상태에 있을 때 생각하고 마음먹은 바를 어떻게 늙어서도 실천할 수 있겠는가.

충고가 허락된다면, 꼭 그렇게 늙어서 자신의 죽음을 자유자재로 다룰 수 있게 되기를 원한다면, 아직 심신이 건강해 죽음 같은 것은 별처럼 까마득히 먼 일이라고 여겨질 때, 바로 그런 시절부터 마치 숨쉬듯이 늘 그것에 대해 생각해두라는 것이다.

아버지의 열은 쉬 내리지 않는다. 아버지의 몸속으로 계속 해열제와 항생제만 흘러들어간다. 아버지는 마치 그 생화학물질을 먹고 사는 것 같다. 그리고 아버지는 밥을 거의 먹지 않는다. 아니

먹지 못한다. 말도 거의 하지 않는다. 조금이라도 즐겁게 해드리려고 우리가 케이크, 과일, 음료수 등을 사오고 말을 걸어도 약간 반응을 보일 뿐 별로 기뻐하지도 않는다.

그런 아버지가, 저녁에 의사가 회진을 오자 기다렸다는 듯이 목소리를 높인다.

"나 집에 좀 보내주시오!"

그 말에 나는 많이 놀란다.

아, 그런 바람을 품고 있어서 매사에 시큰둥했구나!

"나는 곧 죽을 거니까 굳이 치료받을 필요가 없어요."

아버지는 의사에게 이런 말도 한다.

'예. 그럼 그렇게 하지요.' 이렇게 말할 의사는 없다. 의사는 그저 웃음을 지어 보이기만 한다.

아버지는 병실에 혼자 있는 게 아니다. 낮에는 나를 포함해 최소한 두 명이, 밤에는 내가 함께 있다. 그런데도 둘째 날 저녁 회진 때 의사에게 집에 보내달라고 한 뒤부터 병원을 떠날 때까지 아버지는 오로지 그 생각만 하고 그 말만 한다. 물론, 가끔은 회한에 사무친 표정과 목소리로 다른 말을 중얼거릴 때도 있다.

"이제 집으로 가면 죽으러 가는 거겠지."

잠시 옆길로 새자면, 군대 시절 아팠을 때를 제외하고는 앞서 말했다시피 아버지는 평생 병원에 입원해본 적이 없으며, 특히 온

돌이 아닌 침대에 누워서 자본 적도 없었다. 그래서인지 아버지는 침대를 여간 불편하게 여기는 게 아니었다. 비유컨대, 물 위에 떠서 건들대는 좁은 배 위에 드러누워 있는 것처럼 느끼는 듯했다. 그렇게 불편한 침대에서 하루종일 지내야 하니 그것만으로도 아버지는 병원이 싫었을 것이다.

병실의 침대는 달리 개선될 수 없는 것일까? 환자를 효과적으로 관리하려면 침대를 쓰지 않을 수 없을 것이다. 하지만 아버지처럼 침대에서 잠을 자는 것 자체가 힘든 사람들도 있으니 뭔가 개선을 하면 좋겠다. 예컨대, 취침시에는 침대 높이를 바닥까지 완전히 내릴 수 있게 장치를 할 수 있지 않을까? 그것만으로도 평생을 온돌 바닥에 누워서 잠을 자온 사람에게는 도움이 될 것이다.

다음날, 아버지의 가슴막에 물이 찼다는 진단이 나온다. 가슴막염, 옛날에 늑막염이라고 부르던 병이다. 왜 이런 일이 생긴 것인지는 더 조사해봐야 하지만, 일단 간단한 시술을 통해 그 쓸데없는 물을 빼내겠다고 알려준다.

"다 빼내면 위험할 수 있기 때문에 일정 정도만 빼낼 겁니다. 나머지는 치료하는 과정에서 자연히 마르게 될 겁니다."

젊은 레지던트가 설명해준다.

아버지는 휠체어에 실려 간호사 스테이션 뒤편에 있는 처치실로 간다. 아버지는 거기서 긴 작업대 앞 의자에 앉는다. 그리고 두 팔뚝으로 작업대를 짚고 상체를 숙이라는 지시를 받는다. 그런 자세로 주삿바늘이 등에 꽂히기를 기다린다. 그 모습을 가만히 바라보고 있으니 어떤 외로운 형벌을 받으려고 준비하고 있는 것처럼 느껴져 슬프고 안쓰럽다.

"물을 뽑아서 검사하면 금방 병인이 밝혀질 겁니다."

유리병과 링거줄 같은 게 달린 굵은 주삿바늘을 챙기면서 레지던트가 내게 말한다. 그런 다음 나는 그곳에서 쫓겨나오고, 아버지는 마치 벌을 받듯 그 굵은 바늘을 등에 받아들인다.

그러나 레지던트의 자신만만한 말과는 달리 그 쓸데없는 물에서는 아무것도 발견되지 않는다. 가슴막에 생긴 염증 때문에 열이 펄펄 끓는다는 것은 밝혀냈지만 왜 염증이 생겼는지는 알 수 없으니 한동안 치료 방향을 잡지 못한다.

나는 엘리베이터를 타고 지하로 내려간다. 한식당에서 육개장으로 점심을 먹는다. 맛이 없다. 불면으로 입맛을 잃어버린 탓이다. 그래도 억지로 먹는다.

"나는 곧 죽을 거니까 굳이 치료받을 필요가 없어요."

아버지의 그 말이 떠오른다. 고령의 환자는 죄수와 비슷한 처지에 놓이게 되는구나 하는 생각이 뇌리를 스친다.

그렇지 않은가. 어떤 병원에 갈지, 어떤 치료를 받을지, 혹은 치료를 받지 않을지를 그 자신이 아닌 타인들, 즉 가족과 의사가 결정하고 있으니 말이다.

과연 어느 선까지 환자 본인의 뜻을 따라줘야 하는 것일까? 나는 본인의 정신이 온전한 한 전적으로 환자 자신의 뜻을 따라줘야 한다고 보지만, 이런 생각을 과연 실천할 수 있을지는 장담할 수가 없다. 주변을 둘러보면 나처럼 생각하는 사람들도 실제로는 대부분 그 반대의 길을 선택하게 되는 것으로 보인다.

목숨에 관한 한 우리는 일단 살려놓고 보자는 오래된 타성에 묶여 있는데, 주도권을 쥐고 있는 병원 시스템과 의사들도 이러한 습관적인 흐름에서 벗어날 의지가 별로 없기 때문이다. 일부 변화가 있는 것은 사실이지만, 여전히 병원들과 의사들은 대체로 환자의 목숨을 살려서 연장하는 데만 주로 관심을 가진다.

그래서 때로는 고령의 환자에게까지 생명 연장을 위한 온갖 치료와 처치가 행해지기도 한다. 그렇게 목숨을 연장시켜놓고 마치 감옥의 죄수들을 감시하듯, 모니터로 24시간 죽지 못하게 감시하는 것이다.

나는 고령의 환자에게 그런 방식으로 생명을 연장하고 유지하게 하는 것은 무의미한 바보짓이라고 생각한다. 그것은 이제 삶을 마무리하려고 하는 사람을 강제로 살려서 인공적인 생명의 감옥에 중죄수로 가둬두는 잔인한 짓이 될 수도 있다.

한밤중의 춤

며칠 뒤, 나는 하룻밤을 쉬기로 한다. 잠을 좀 자고, 대학 진학 이후 줄곧 살아온 서울을 떠나 병이 난 아버지 곁으로 오느라 갑자기 손을 놓아야 했던 일들을 수습하기 위해서다.

오후 느지막이 택시를 타고 이동하는데 깊은 협곡의 이미지가 눈앞에 그려진다. 이 협곡은 아버지가 열이 펄펄 끓기 시작하면서 생긴 것이다. 다시는 건너편으로 갈 수 없을 거라고 생각된다. 협곡의 건너편과 이쪽은 전혀 다르다. 그러니까 내 삶의 기본 풍경이 완전히 변해버린 것이다. 아버지 자신이야 말할 것도 없으리라.

나는 오랜만에 병실이 아닌 가정집에서 잠을 자고, 일을 처리한 다음 저녁이 되어 다시 병원으로 출동한다. 내 또래의 택시기사가 무슨 일로 병원에 가느냐고 묻는다. 아버지가 여차저차하다고 얘기해주니 기사는 만족스레 웃으며 자기 어머니는 아흔 살에 주무시다가 돌아가셨다고 한다.

'약 올리는 겁니까?' 속으로 이렇게 말하고 소리내어 덧붙인다.

"복 받으셨군요."

그런 경우라면 먼저 본인이 큰 복을 받은 것이고 덩달아서 가족들도 복을 받은 것이다. 물론 죽기 직전에 극심한 고통과 공포가 있었는지 어땠는지는 알 수 없는 일이다. 다만 설령 그랬다고 하더라도 그 시간이 극히 짧았으리라는 것은 추정할 수 있고, 수년간 병치레를 겪고 떠나는 사람들에 비하면 그런 죽음은 복 받은 것이라고 말할 수 있을 것이다.

내 말에 기사가 아주 만족스러워한다. 그러나 '택시비는 그냥 두세요' 같은 소리는 하지 않는다. 그는 백 원까지 챙긴 후 "고생하세요" 하며 실실 웃기만 한다.

본인이 악착같이 하루 한 시간이라도 더 살고 싶어하는 사람이라면 모르겠지만, 살 만큼 산 뒤여서 이제 언제 죽어도 좋다고 생각하고 있는 사람이라면 확실히 그런 죽음은 축복이다. 하지만 그런 경우는 거의 없을 것이다.

충분히 살 만큼 살았다고 전제하고, 죽음의 과정은 대체로 네 범주로 나뉘는 것 같다. 택시기사의 모친처럼 특별한 병치레 없이 갑자기 홀연히 떠나는 경우(거의 없음). 심장마비처럼 죽음의 신호가 오고 나서 즉시 혹은 수일, 수주 뒤에 떠나는 경우(극소수). 발병을 하고 몇 달 혹은 일 년 전후로 떠나는 경우(일부). 마지막으로, 이런저런 병으로 혹은 이른바 '노환'으로 수년간 지루한 고통을 겪다가 떠나는 경우(상당수).

근래의 어떤 통계에 의하면 우리나라 노인들의 평균 병치레 기간은 칠 년이라고 한다. 가볍고 중한 정도는 천차만별이겠지만 칠 년을 병석에서 고통받다가 떠난다는 얘기다. 그 고통의 기간은 가족들에게도 힘든 세월이다.

죽어가는 인간은 육체의 온갖 고통과 더불어 깊은 고독과 두려움도 겪게 된다. 육체의 고통에 대해서는 의학적으로 일정 부분 도움을 받을 수 있겠지만, 그 허무한 고독과 공포에 대해서는 별로 약이 없어 보인다. 그저 누군가가 곁에 있어주는 수밖에 없다.

요즘은 늙어서 아프기 시작하면 당연하다는 듯 즉시 자기 삶의 자리에서 분리되어 요양병원으로 보내진다. 그래서 세포 깊숙이 익숙해져 있던 모든 일상의 환경을 갑자기 잃어버리게 된다. 한순간에 발가벗겨져서 한데로 내쫓기는 기분일 것이다. 따라서 고독감은 더 강해지고, 그러니 요양병원에 입원한 모든 노인들이 하나같이 집에 가게 해달라고 애원을 하는 것이리라.

우리는 그들이 자기 뜻과 의지에 따라 선택하고 행동할 정신적 육체적 힘을 상당히 상실했다는 그 약점을 이용해 우리 마음대로 그들을 그곳에 가둬두고 있는 것인지도 모른다.

이제 아버지에 대한 처방이 나온다. 결정적인 병인이 확정되지 않아서 여러 변수를 적용하고 추정해 진단한 결과를 바탕으로 내려진 처방이다. 세월이 지나면서 그 진단과 처방은 옳은 것으로 밝혀진다.

아버지는 열이 내리고 염증 수치도 떨어지기 시작한다. 더불어 곡소리 같은 "아야! 아야!" 소리도 줄어든다. 열이 내려서인지 또다른 이유 때문인지는 알 수 없다. 아주 가끔 잠깐 그러다가 스스로 그 사실을 알아차리고 멈춘다.

의사는 일주일 정도 더 입원해 있기를 권한다. 열은 내렸지만 전해질 수치가 문제라고 한다. 그럴 수밖에. 뭘 제대로 먹은 게 전혀 없으니까. 어쨌든 그렇게 한걱정을 던, 코앞에 다가온 줄 알았던 죽음이 저만큼 떠나간, 노곤하고 나른한 백야의 날들이 이어진다.

"아버지 조금만 더 견디면 집에 갑니다."

나는 이렇게 수시로 아버지를 달랜다. 그러나 아버지는 여전히 잘 잠들지 못하고, 덩달아서 나도 제대로 자지 못한다. 하루 24시간이 아버지와 나의 쪽잠으로 한없이 분할되어간다. 의사가 처방해준 수면제도 아버지에게는 전혀 소용이 되지 못한다.

내 머릿속은 온통 모래 천지다. 눈 속에서도 모래알이 서걱거린다. 아버지는 긴 불면과 침묵과 쪽잠 그리고 "제발 어서 집에 가자"는 말로 구성된 지극히 단조로운 시간을 보낸다. 그러면서 무릎 연골연화증으로 부실했던 아버지의 다리는 급속히 쇠약해져 급기야 혼자서는 걸을 수 없게 돼버린다.

이제 아버지는 누군가가 제대로 부축해줘야 간신히 걸을 수 있다. 고열이라는 증세로 드러난 질병의 원인과 다스릴 방법을 찾는 사이에, 지난 십여 년간 간신히나마 자기 유지를 해오고 있던 아버지의 다리가 급속히 망가져버린 것이다.

이렇게 겪고서야 나는 깨달았다. 정말 중요한 문제가 있다. 아버지와 같은 고령의 환자는 입원하는 즉시 물리치료사를 붙여 다리 근육이 급격히 무력해지는 걸 방지해야 한다.

프랑스 작가 시몬 드 보부아르는 고령의 어머니에 대한 책을 한 권 남겼다. 어머니가 골절상으로 입원해 검사를 받던 중 암이 발견되어 치료하고 사망하기까지 수개월간의 일을 기록한 것이다. 그 책에는 매일 병실로 와서 보부아르의 어머니에게 다리 근육 강화

처치를 해주는 물리치료사에 대한 내용이 있다. 그것은 장기간의 병원 생활과 운동 부족으로 근육이 무력해져서 보행 능력을 상실하는 것을 방지하기 위한 것이라고 써놓았다. 그래야 퇴원할 때 정상적으로 걸어서 나갈 수가 있다는 것이다.

아버지가 돌아가신 뒤에 그 글을 읽고 나는 허탈한 분노를 느꼈다. 보부아르의 어머니 얘기는 1960년대 후반의 일이다. 당시 프랑스의 병원에서는 고령의 환자를 위한 그런 프로그램이 가동되고 있었다는 얘기다. 그런데 도대체 왜 21세기 대한민국의 병원에서는 고령의 환자에게 그런 세심한 관심을 전혀 갖지 못하는 것일까?

병원 침대에 드러누워 거의 움직이지 않고 여러 날을 보내면 근육이 급속히 무력해지기 마련이다. 젊고 건강한 사람도 그럴진대, 고령의 노인 환자야 말할 필요가 없을 것이다. 당연히 그것을 방지하기 위한 적절한 조처가 필요하다. 환자의 가족이 이런 것들을 잘 알고 있어서 병원측에 먼저 요구하는 경우가 얼마나 되겠는가.

며칠 뒤 한밤중, 새벽 세시다. 비몽사몽으로 어떤 꿈에 현혹되어 있는데, 아버지가 나를 부르는 소리가 희미하게 들려온다. 꿈인가, 현실인가. 분간이 되지 않는 상태에서 침대 쪽을 보니 아버지가 침대에 앉아서 거듭 내 이름을 외쳐 부르고 있다.

그 모습 자체가 현실감이 없어서 멍하니 바라보고 있으니 아버지가 말한다.

"나, 화장실 좀!"

오, 현실이구나!

나는 벌떡 일어난다. 머리가 핑 돈다. 화장실에 가고 싶다는 말은 소변 때문이 아니라는 뜻이다. 소변이라면 소변통을 요구할 테니까. 게다가 이 밤에 다급한 목소리로 화장실을 찾는 것은 몹시 급하다는 신호다.

순식간에 그렇게 상황을 읽은 나는 서둘러 아버지를 침대에서 내려서게 한다. 그리고 한쪽 팔을 아버지의 등 위로 길게 둘러 반대쪽 겨드랑이 밑으로 넣은 다음 상체를 꽉 조여 잡고, 다른 한 손으로는 바퀴가 달린 링거걸이를 잡는다. 그런 다음 우리는 괴상한 3각 1조가 되어 나무늘보처럼 느리게 전진하기 시작한다.

침대로부터 화장실의 변기까지는 건강한 나에게는 불과 찰나의 길이지만, 말을 듣지 않는 다리로 걸어야 하는 늙고 병든 아버지에게는 거의 영원에 가까운 길이다.

우리는 간신히 일 미터 정도를 전진한다. 그리고 일이 터진다.

"엇, 나온다."

아버지가 다급하고 곤혹스럽게 말하자 나는 무슨 뜻인지 바로 알아차린다. 그동안 엄청나게 섭취한 해열제와 항생제가 난동을 일으켜 아버지 배 속에 만들어진 묽은 변들이 그 야밤에 자기들 마음대로 흘러나오기 시작한 것이다.

속수무책이다. 머리를 고속으로 회전시켜보지만 답이 없다. 아무런 대책도 없거니와 있다고 해도 그것을 실행할 방법이 없다. 이제는 홀로 서 있지 못하는 아버지에게서 손을 뗄 수가 없기 때문이다.

우리는 계속 전진할 뿐이다. 그것 외에는 아무것도 할 수 있는 게 없다. 일단 태어난 사람이 뒤로 되돌아갈 수 없는 것과 꼭 같다.

"아버지, 괜찮으니까 그냥 계속 가요."

그래, 우리는 계속 간다. 아주 오래 걸린다. 아버지는 완전히 지쳐서 바윗덩이가 떨어지듯 변기에 털썩 주저앉는다.

암담하다. 이런 상황은 전혀 상상해보지 못했다. 그러나 어쩌겠는가. 이미 일은 벌어졌다. 이런 상황에서는 일단 감정의 문을 잠시 봉하고 내가 무슨 일을 해야 하는지 파악한 뒤 즉각 실천하는 것만이 최상이다.

나는 아버지에게 충분히 숨 돌릴 시간을 드린 뒤에 작업을 개시한다. 먼저 똥범벅이 된 환자복 하의와 팬티를 벗겨내 일반쓰레기와 구분해 따로 처리해야 하는 노란 비닐봉지에 넣는다. 그런 다음 아버지를 일으켜세워 벽에 붙은 환자용 가로 쇠봉을 잡게 하고 씻기기 시작한다. 아주 어린 시절 함께 목욕탕에 가곤 했던 그 시절 이후 한 번도 보지 못한 아버지의 형편없이 낡은 다리와 엉덩이와 고추 따위를 만지고 문질러 씻는다.

아버지는 엄청나게 고통스러워하면서도 잘 버텨준다. 내가 변기를 씻고 그 위에 앉히자 다시 방아를 찧듯이 주저앉으며 거친 숨을 몰아쉰다. 나는 아버지의 몸을 잘 닦은 다음 새 팬티와 환자복을 입힌다. 그로써 하나의 작업은 끝났으나 이제 또하나가 남았다.

"여기서 쉬고 계세요."

너무나 간절하게 고개를 쳐드는 담배 생각을 주먹으로 때려서 잠재우고, 나는 병실 바닥에 행렬을 이루고 있는 물똥의 열도를 치우기 시작한다. 쪼그리고 앉아서 하나씩 휴지로 닦은 다음 소독 티슈로 닦고 다시 휴지로 닦은 뒤에 마지막으로 바닥 전체를 물걸레와 마른걸레로 차례차례 닦아나간다.

작업을 개시하고 몇 분쯤 지났을 때, 번쩍 떠오르는 생각이 있어 얼른 병실 문을 잠근다. 아버지의 상태를 체크하기 위해 수시로 들어오는 어린 간호사들이 그 향기로운 광경을 보지 못하게 하기 위해서다.

한밤중의 이 상황이 기괴하게만 느껴진다. 자다 말고 깨어나 이상한 춤을 추고 있는 것만 같다. 그러나 이 작업에 익숙해지면서는 조금씩 생각도 감정도 없어져가더니 나중에는 전혀 아무런 생각도 감정도 없는 상태가 된다.

그런 게 바로 무념무상이라는 것일 텐데, 하지만 정작 그런 상태일 때는 내가 그렇다는 것을 전혀 알지 못하며, 작업이 끝나고 내 머리와 가슴이 다시 온갖 감정과 생각으로 가득해질 때에야 앞서 그런 순간이 있었구나 하고 짐작할 뿐이다.

자, 이제 마지막 과제가 남아 있다. 아버지를 데리고 다시 침대까지 이동해야 한다. 이번엔 또 얼마나 걸릴까. 나에게는 찰나인, 그러나 아버지에게는 영원인 그 길을 다시 걸어가야 한다.

그러고 보니 우리가 인생이라고 부르는 여행길도 이 행로와 전혀 다른 것 같지 않다. 침대로부터 화장실 변기까지, 그리고 다시 화장실 변기로부터 침대까지의 이 짧고도 먼 길과 무엇이 다르단 말인가!

아버지는 거꾸러지듯 침대에 드러누워 거친 숨을 몰아쉰다. 그리고 한참 뒤에 일어나 앉더니 다리를 주무른다. 아버지는 뭔가 골똘히 생각하는 것 같다. 그러더니 곧 암담한 표정으로 바뀐다. 방금 무슨 일이 벌어졌는지 하나씩 되짚어본 것 같다. 그러면서 그게 꿈이 아니고 현실이라는 걸 깨달은 것이리라. 나에게 미안해하는 기색도 역력하다. 나는 아무런 감정도 드러내지 않으려고 애쓴다.

다음날 낮.

아버지는 포항에서 병실로 걸려온 전화를 받는다. 어머니에게서 온 것인데, 아버지는 어머니를 상대로 간밤에 있었던 일을 얘기한다. 자신이 화장실에 가다가 변을 흘렸으며 내가 그것을 치우느라 고생했다고 정확하게 말한다. 몹시 곤혹스러워하고 괴로워하더니, 자신이 이렇게 될 줄은 몰랐다는 듯 약간 울먹이기까지 한다.

그러니까 이때까지만 해도 아버지의 현실감각과 기억력과 사고 기능은 정상적으로 작동하고 있었다. 마치 입질하듯이 섬망 증세가 나타나긴 했지만 아버지는 거기에 완전히 굴복하지 않고 버티고 있었다. 그러나 참으로 슬프게도, 그로부터 몇 달이 지난 뒤에 아버지는 그런 모든 일들을 거의 기억하지 못하게 되고 만다.

병원에 있는 의료용품점에서 성인용 기저귀를 사오니 그걸 본 아버지의 얼굴이 일그러진다. 그러고는 머리를 흔든다. 차지 않겠다는 뜻이다. 나는 당장 차라는 게 아니라고 달랜다. 집에 갈 때 이용할 거라고, 한 시간 넘게 차를 타고 가야 하는데 그사이에 급해지면 난처하지 않겠냐고 설명한다.

그게 무슨 위로가 되겠는가. 아버지는 완강히 거부하며 집에 갈 때도 "괜찮다!" 하고는 기저귀를 차지 않는다.

당연한 것을 새삼 깨닫는다. 아이에게는 어른이 자의로 기저귀를 채울 수 있지만, 어른에게는 그럴 수가 없다. 동의를 얻어야 한다. 이것은 자존심의 문제일 것이다. 이것은 존중되어야 한다. 인간은 그 누구도 인간으로서의 자기 존엄이 훼손되는 것을 원치 않는다.

하지만 슬프게도, 때가 되면 그렇게 자존감을 세울 수 있는 단계도 지나버린다. 시간이 흘러 더 늙고 병이 깊어지면, 그때까지는 자존심이 전혀 허락하지 않던 일들도 받아들일 수밖에 없게 된다. 어쩌겠는가. 우리 인간의 몸이 그렇게 생겨먹은 것을!

그리운 집으로

지루하고 우울한 며칠이 느릿느릿 흘러간다. 서울에서 아버지의 가까운 인연들, 딸과 사위와 며느리 그리고 손자 등이 차례로 문병을 온다. 그러나 아버지는 아주 큰 관심을 보이지는 않는다. 오로지 집에 가야겠다는 그 생각뿐이다. 거의 집념이라고 할 만하다.

마침내 나는 결단을 내린다. 의사에게 아버지를 퇴원시켜달라고 요청한다. 병실에 더 있으면 상태가 악화되면 되었지 좋아질 가능성은 제로일 거라고 판단한 탓이다. 일반적으로는 병원에 머물러 있으면서 안전하고 전문적인 의료서비스를 제공받는 것이 옳겠지만, 환자가 병실 침대에서 하루하루 보내는 것을 견디지 못하고 고문처럼 받아들인다면 얘기는 달라진다.

더구나 아찔한 일이 있었다. 침대에 앉아 있던 아버지가 갑자기 집에 가자며 아래로 성큼 내려서는 바람에 다리가 몸을 지탱하지 못하고 고꾸라져 처박혀버렸다. 눈 깜짝할 사이의 일이라 손쓸 수가 없었는데, 천만다행으로 내가 밤에 쓰는 침대 겸용 소파에 얼굴과 한쪽 어깨를 처박았다. 그곳이 아니라 맨바닥에 엎어졌으면 얼굴이나 머리의 뼈가 함몰됐을 것이다.

나는 아버지를 진정시키고 간호사 스테이션으로 가서 담당 레지던트와의 면담을 요청한다. 간호사가 무슨 용무냐고 묻기에 환자의 불면과 불안 상태를 더이상 방치할 수 없어 퇴원시키려 한다고 알린다. 그녀가 기다려달라고 하여 병실에 돌아와 있으니 한참 지나서 레지던트가 나타난다.

나는 다시 그를 상대로 아버지가 자신도 모르게 돌발적으로 행동하는 바람에 큰 사고가 날 뻔한 일을 알려준 후, 환자의 불면과 불안 상태를 계속 방치하면 그런 식의 예상치 못한 사고가 또 일어날 수 있기 때문에 일단 집으로 모셔서 편안하게 해드리는 게 좋겠다고 말한다.

그러자 그 레지던트가 이렇게 대답한다.

"정 그렇다면 일단 혈액검사를 해보죠."

아, 그놈의 빌어먹을 검사!

미안한 얘기지만, 그들은 조금은 바보 같은 면이 있었다. 내가 의학적인 전문성이 없을 뿐, 24시간 아버지와 함께하면서 충분하고 섬세하게 관찰한 바를 매일매일 전달했는데도 불구하고, 그들 의사와 간호사 들은 내가 제공하는 정보를 통해서 아버지에게 정신과적 관심과 처방이 필요하다는 발상을 전혀 하지 못했다. 그들은 오로지 자기 앞만 볼 수 있도록 눈 양옆을 가리고 달리는 경주마와 같은 꼴이었다.

또 한번 피가 뽑힌 아버지는 이제 십 분에 한 번씩은 집에 가자고 성화를 부린다. 내가 느끼기에도 넌덜머리가 났을 법한 링거액 주삿바늘도 마구 잡아 빼려고 한다. 나중에 알고 보니 이렇게 주삿바늘을 뽑으려고 하는 행위도 섬망 증세 중 하나다. 나는 혈액검사 결과가 나오면 집으로 갈 수 있으니 조금만 참으라고 아버지를 달랜다.

이윽고 검사 결과가 나오고 레지던트는 이렇게 말한다.

"전해질 수치가 아주 나쁩니다. 이 상태로 퇴원하시는 건 위험합니다."

하, 빌어먹을! 위험? 그 말이 참으로 우스꽝스럽게 들린다. 위험이라니? 아버지와 같은 고령의 환자에게 위험이란 어떤 것일까?

나는 반박한다.

"통 못 먹었으니 전해질 수치가 엉망일 수밖에요. 집에 가서 일단 잠을 푹 자고 나서 좀 먹으면 아마 회복될 겁니다."

결국 의사는 퇴원에 동의한다. 그는 조금이라도 이상 징후가 보이면 즉시 병원으로 와야 한다고 겁을 준다. 그 이상 징후란 의식이 혼미해지는 상태를 말하는 것이겠지 하고 짐작하면서 나는 "예, 예" 하는 한편 속으로는 웃는다. 고령의 환자가 당최 먹지도 자지도 못하고 있는 것은 이상 징후가 아니란 말인가?

의사와 인사를 하고 나서 간호사에게 아버지의 진료처방 기록 일체와 의사의 소견서를 요청한다. 그런 다음 방사선 진료 자료를 신청하기 위해 영상촬영실이 있는 일층으로 내려간 김에 밖으로 나간다.

뜨거운 열기가 하늘과 대지를 온통 익히고 있다. 나는 휴게공간마다 환자들이 어슬렁거리고 있고 택시가 드나드는 본관 앞의 광장을 지나 계속 걸어간다. 셔틀버스가 올라오고 있고 하얀 성모상이 뜨거운 햇살 아래서 희미한 미소를 짓고 있다.

나는 바다가 보이는 곳까지 걸어나간다. 파란 하늘 여기저기에 눈부시게 하얀 구름 덩어리들이 떠 있다. 초록빛 바다는 잔잔하고 평온한데 그 한쪽에 거대한 미국 항공모함이 정박중이다. 해안의 고지대 곳곳에서 사람들이 그 거대하고 기괴한 전함을 구경하고 있다.

나는 멍한 상태로 한참을 그곳에 서 있는다. 어느 순간 침을 맞은 것처럼 머리가 따끔해 정신을 차리고 정수리에 손을 대보니 불에 얹어놓은 빈 프라이팬처럼 뜨거워져 있다.

이제 집으로 간다고 알리자 아버지는 몹시 기뻐하면서 서두른다. 침대에 양반다리로 앉아 있던 아버지는 말이 떨어지기 무섭게 병원에 올 때 지녔던 조그만 가방을 서랍에서 꺼낸다. 나는 안에 무엇이 있나 구경 좀 하자며 넘겨받아서 들춰본다. 가방에는 지폐 몇 장이 든 낡은 장지갑, 신분증, 안경, 언젠가 내가 사다드린 고성능 독일제 돋보기, 빗 등이 들어 있다.

나 자신도 내가 살아온 세상이 아닌 딴 세계 같은 그 몽롱한 병실을 떠나는 게 기쁘다. 보름 가까이 거기에 있었다. 무엇엔가 홀린 듯이 정신없이 흘러간 나날이었다. 그런데 떠나는 것 자체는 기쁘지만 결코 홀가분하게 떠나는 게 아니다. 우리는 아버지가 고열로 힘들어하기 전의 상태로 회복되어서 집으로 가는 게 아니다. 아버지는 고열을 잡는 데만 성공했을 뿐, 이제부터 그 원인을 근치根治하기 위해 치료를 계속해나가야 한다. 게다가 고열의 원인을 찾고 처방을 구하느라 애쓰는 동안 몸의 나머지 부분이 죄다 더 나빠져버렸다.

우리는 휠체어, 보행기, 소변통, 기저귀 등, 새로운 짐 한 보따리와 함께 '앞으로 어떻게 되는 것일까?'라는 불안한 질문을 안고 집으로 간다.

우리의 불안은 포항 집으로 돌아와 근 보름 만에 다시 만나는 어머니와 이웃 사람들에 의해 더더욱 절실하게 확인된다. 고속도로를 달려 탈없이 도착하고 보니 많은 사람들이 놀라서 우리를 바라본다. 못생긴 개와 돌아다니기 좋아하는 이웃집 뚱보 여인도 놀라며, 아파트 경비아저씨도 다가와 놀란 눈으로 바라본다. 그는 뭐 도울 일이 없나 손을 비비며 우리 곁에 서서 지켜보고 있다. 고령의 아버지는 이 아파트에서 나름 유명한 이웃이었다.

경악의 핵심은 휠체어에 있었다. 분명히 걸어서 병원으로 간 사람이 휠체어를 타고 돌아온 게 아닌가.

갑자기 열이 나기 전까지, 아버지는 모든 면에서 힘들어하셨지만 고령임을 감안하면 비교적 정상적인 일상을 살고 있었다. 스스로 화장실에 가서 볼일을 보았고, 더운물을 받아 목욕도 했고, 근래에 오면서 횟수가 현저히 줄어들기는 했지만 필요할 땐 외출도 했다. 새벽에 먼저 일어나면 쌀을 씻어 전기밥솥에 안쳤고, 밥을 먹은 다음엔 설거지도 하셨던 분이다. 그리고 자거나 쉴 때가 아니면 대체로 돋보기를 두 개씩이나 대고 오랫동안 신문을 읽곤 하셨다.

그런데, 척 보기에도 완전히 망가진 얼굴로 휠체어 신세를 지고 집으로 돌아온 것이다.

나는 어머니와 여타 사람들의 그런 반응을 보면서 우리가 대체로 '죽음의 날들'에 대해 제대로 된 인식을 갖추고 있지 못하다는 것을 다시 한번 깨닫는다.

대부분의 사람들이 그렇다. 다들 죽음에 대해서 구체적으로 생각해보지 않는다. 특히, 최악의 상황이 자신에게 찾아올지도 모른다는 생각은 거의 하지 않는다. 청년들이야 말할 것도 없고 노인들마저 그렇다. 그런 일이 비일비재함을 잘 알면서도 자신들의 일로는 전혀 생각해보려 하지 않는다.

사실 그런 생각을 늘 달고 살 수도 없고 그래서도 안 된다. 우울해지고 불안해져서 멀쩡한 삶을 망치게 될 테니까. 하지만 때가 되면 그럴 수도 있다는 사실을 또렷하게 자각하고 인정할 수 있어야 한다.

또하나. 대부분의 사람들이 죽음을 순간의 일로 착각하고 있다. 물론 죽음 자체는 순간의 일이다. 그러나 일반적으로 평균 수명을 살 경우, 우리는 울적하고 고통스러운 일련의 긴 노화 과정과 질병의 결과로서 죽음을 맞이하게 된다. 노화는 한순간의 일이 아니다. 노화는 죽음과 더불어 종료되는 기나긴 과정이다. 요즘은 수명이 길어져 더욱더 지루하게 길어진 과정이다. 그 과정에 이런저런 질병이 끼어든다고 생각해보라. 그게 대부분의 사람이 겪게 되는

'죽음의 과정'이다.

우리는 승용차에서 힘들게 끌어낸 아버지를 휠체어에 태운 채로 안방까지 들어가 내려놓는다. 전화로 미리 얘기해 깔아놓게 한 이부자리 위로 아버지는 통나무 토막처럼 쓰러진다. 그러고는 내리 이틀을 정신없이 잔다. 물론 자주 깨서 오줌통에 오줌을 누고 물을 마시고 어리둥절한 표정으로 주변을 살피곤 한다. 무더운 나날인데도 에어컨을 틀지 못하게 하고, 아침저녁 바람조차도 차갑다며 문을 닫으라고 한다. 그만큼 기력이 바닥난 것이다.

아버지는 조금씩 죽을 먹는다. 병원에서와는 다르다. 역시 자신이 그렇게도 원하던 집으로 돌아오니 잠도 잘 오고 밥도 잘 넘어가는 듯하다. 밥을 먹고 잠을 자게 되니 흙빛이던 얼굴도 조금씩 원래의 빛깔로 돌아온다.

하지만 무슨 영문인지 아버지가 횡설수설 떠드는 일이 잦아지기 시작한다. 꿈과 현실을 혼동하기도 하고, 옛일을 회상하며 두서없이 떠들기도 한다. 말투와 표정도 다소 거칠어진다. 그것은 아버지의 평소 모습이 아니다. 아버지는 말수가 적고 온순한 사람이었다. 그런데 왜 이렇게 거칠게 떠들어대는 것일까? 그것도 다른 사람에게 말을 거는 것이 아니라 혼자서 그랬다.

앞서 섬망에 대해 말했지만, 열이 펄펄 끓기 시작하면서부터 아버지에게는 이미 정신과적인 문제가 생기고 있었다. 그걸 아무도 알지 못했다. 병원에 입원해 있을 때 아버지가 몹시 불안해하고 통 잠을 못 잔다고 그렇게 얘기했건만 수면제와 진정제 외에 다른 처방은 없었다. 그 방면으로 경험도 지식도 없어 무지했던 나는 말할 것도 없고, 병자를 다루는 전문가인 여럿의 간호사와 의사 모두가 조금씩 바보들이었다.

또다른 측면에서도 병원을 부정적으로 평가할 만한 점이 없지 않았다. 어찌 보면, 병원이 아버지를 망가뜨려놓은 게 아닌지 생각할 만한 측면도 있었다는 말이다. 이 시대의 현대화한 병원은 대개 진료 과목별로 조각조각 나뉘어 있어서 의사들은 오로지 자기 분야에만 신경쓴다. 아버지처럼 심신이 전체적으로 망가져가는 노인 환자의 경우는 그야말로 통합적인 관리를 받아야 하는데, 우리의 경우는 전혀 그렇지 못했다.

아버지는 왜 열이 펄펄 끓는지 오로지 그것과 관련해서만 진료와 처방을 받았다. 정신과적인 문제가 생기고 있고, 소변보기가 점점 더 힘들어지고 있고, 다리 근육이 급속히 무력해지고 있는 등속의 문제는 전혀 관심을 받지 못했다.

종합병원이라는 데가 그런 식이다. 그러고도 종합이라는 이름을 달고 있는 게 정당한 것일까. 한 인간의 몸을 종합적으로 돌봐주는 시스템을 갖춰야 종합병원이지, 백화점처럼 진료 과목이 죄다 있다고 종합병원인가. 모든 진료 과목을 갖추고 있으면 무엇 하는

가. 비전문가인 환자나 보호자가 필요한 진료 과목을 하나하나 골라서 따로따로 접수하지 않으면 안 되는 것을.

모든 환자가 그렇겠지만, 고령의 환자는 특히 종합적으로 다뤄져야 한다. 하나의 두드러진 질환을 치료하는 동안, 알아차릴 수 있게 발병한 것은 아니지만 이미 부실해진 다른 부위가 그 틈을 타 급속히 망가질지 모르기 때문이다. 경험하고서야 알게 된 바지만, 특히 정신과적 관심은 필수로 생각되며, 덧붙여 다리 근육이 순식간에 무기력해져 직립보행이 불가능하게 될 수 있으니 이에 대비해 지속적인 처치가 있어야 한다.

이제 아버지는 제대로 수면을 취하고 음식을 섭취하면서 어느 정도 기력을 회복한다. 차에 태워 포항에 있는 종합병원에 다녀올 수도 있게 된다. 내가 미리 제출한 진료 기록과 영상 자료 그리고 의사의 소견서와, 새로 받은 몇 가지 검사를 바탕으로 아버지는 다시 약을 처방받고 무사히 집으로 돌아온다.

그리고 휴식을 취한 뒤에 나는 이전부터 마음으로 준비하고 있던 것을 실행해본다. 그것은 아버지의 기억력과 인지능력이 어떤 상태인지 알기 위해 대화를 나누는 것이다. 먼저 부산의 병원에 입원해 있을 때의 일들에 대해서, 이어서 오늘 다녀온 병원에서 한 일과 만난 사람들에 대해서 구체적으로 물어본다.

아버지의 기억은 뒤죽박죽이다. 자신이 무엇 때문에 병원에 입원했는지, 그리고 입원해 어떤 처치를 받았고, 거기서 며칠을 보냈는지 제대로 기억하지 못한다. 그와 더불어 자신이 처한 현상황 전체에 대해서 제대로 된 그림을 그리지 못한다. 아프기 전에는 전혀 그렇지 않았는데!

나는 좀더 안정이 되면 나아지지 않을까 하고 하루하루 지켜본다. 육체는 이럴망정 정신만이라도 다시 예전처럼 회복되기를 바라는 마음이다. 그러나 현실은 그와 반대로 흘러간다. 몸이 망가지면서 함께 붕괴하기 시작한 정신은, 몸의 환경이 더 나빠지면서 거울처럼 나란히 그 길을 따라간다.

혹시 다시 열이 날까 하여 수시로 체크하지만 그쪽은 문제가 없다. 다른 것들이 문제다. 예컨대, 대소변 보기는 더욱 힘들어졌고, 이제는 다른 사람의 부축을 받고서도 일어설 수 없게 돼버렸다. 그러자 아버지는 예측 불능으로, 그러니까 밤낮 같은 것은 전혀 무관하게 수시로 정신이 혼란스러워진다. 의식이 혼미한 것은 아니지만 현실 감각이 정상을 벗어나 있다. 시간 감각과 공간 감각이 제대로 작동하지 못하는 것이다.

부산의 병원에 입원해 있을 때의 일이다. 그 참에 안과 진료를 받아보는 게 어떨까 하는 생각이 들었다. 퇴원 날짜를 기다리며 무료하게 보내는 날들을 뭔가 좀더 가치 있게 활용하자는 마음에서였다. 그래서 아버지가 시력을 조금이라도 회복할 수 있으면 좋지 않겠는가 하고.

내가 그런 의견을 내고 병실을 떠나 있을 때 누님 한 분이 그 얘기를 아버지에게 한 모양이었다. 그러자 아버지가 불같이 화를 내면서 누님을 몰아붙였다고 한다. 아버지는 예전에 이미 한 안과 병원에서 검사를 받은 적이 있었다. 그런데 검사가 몹시 고통스러웠다고 한다. 그 일을 상기한 아버지는 그 고통을 또 당하란 말이냐며 누님을 엄청나게 비난했다는 것이다.

그러고서 다음날이었다. 오후에 아버지가 시무룩한 표정으로 나에게 말했다.

"네 누나는 왜 안 보이냐? 내가 어제 화를 냈다고 마음이 상한 거냐?"

볼일이 있어서 저녁에 올 거라고 내가 대답하자 아버지는 고개를 끄덕였다. 그러나 표정은 어두웠다.

이 삽화를 꺼낸 이유는 입원해 있을 당시 아버지는 그나마 온전히 자기 정신을 유지하고 있었다는 걸 말하기 위해서다. 자신도 모르게 신음 소리를 내거나 비정상적으로 화를 내는 일 같은 문제가 생기기 시작한 것은 맞지만, 아버지는 여전히 정상적으로 기억하고, 판단하고, 말하고, 합당한 감정을 드러냈다. 안과 진료를 받아보자고 제안했다고 해서 격분한 것은 비정상적인 모습이었지만,

다음날 자신이 그랬다는 것을 기억하고, 그 일에 대해서 나름의 판단과 감정을 내보이는 등의 정상적인 정신 활동을 유지했다는 것이다.

하지만 이제 아버지의 뇌는 자기 자신과 주변 상황에 대해서 제대로 인지하고 판단하고 반응하는 통제력을 상실하고 말았다.

그런 상태의 아버지를 어떻게 대해야 하는지 도대체 알 수가 없다. 이런저런 궁리를 하고 자꾸 대화를 시도해보지만 아버지의 비정상적인 상태를 정상으로 되돌려놓을 수가 없다. 정상적인 소통이 되지 않는데 과연 집에서 이러한 아버지를 감당할 수 있을까?

상황이 그렇다보니 다시 병원에 입원을 시켜야 하는 게 아니냐는 이야기가 나오기 시작한다. 비록 암과 같은 치명적인 병이 있는 것은 아니지만, 여러 정황으로 보아 아버지가 인생의 마지막 단계인 죽음의 과정에 들어선 것이 분명하니 전문적인 도움을 받자는 것이다.

그래서 요양병원 얘기가 나온다. 갈등하다가 나는 시내 가까운 곳에 있는 요양병원을 찾아가 상담을 받아보기도 한다. 그들은 내가 상담을 요청하자 기다렸다는 듯이 반긴다. 그들은 내가 연락만 해주면 언제든 즉각 자신들이 아버지를 모셔서 '가족들의 고통을 덜어드리겠다'고 한다.

가족들의 고통을 덜어주겠다!

그러면 아버지의 고통은?

나는 전혀 내키지 않는다. 그렇게 병원이 싫다며 집으로 가자고 했는데, 밥도 못 먹고 잠도 통 못 잤던 그곳에 다시 아버지를 맡긴단 말인가? 더구나 이제는 스스로 거동도 못하는 처지가 돼버린 사람을? 때로 밤인지 낮인지 분간도 못하는데, 아는 사람이라고는 아무도 없는 그곳에?

그것은 참으로 내키지 않는 일이다. 일단 이것은 결론이 난다. 요양병원은 최후의 마지막 순위로 남겨두고, 가능한 한 아버지를 집에서 모실 것이다. 따라서 아버지가 집에서 생을 마감하게 하는 게 나의 목표가 될 것이다. 매일 밤 누워서 잠들고 아침에 깨어나 햇살을 맞이하는 자신의 방에서 말이다.

그렇게 결론을 내리고 나니 여러 가지로 고민이 많아진다. 고민하지 않을 수가 없다. 부모님은 아들인 나와 더불어 딸 셋을 두었는데 셋 중 한 사람은 부산에, 나머지는 서울에 살고 있다. 가까이에 있다 한들 자신의 가정을 이루고 자기 삶을 살고 있는 처지인지라 아버지를 모시는 데 한계가 있을 수밖에 없다. 게다가 내 가족의 경우에도 나 외에는 장기간 자유롭게 서울을 떠나 있을 여건이 아니다.

아버지 곁에 어머니가 계시기는 하지만 어머니는 아버지 못지않은 고령이다. 고령이 아니라고 한들, 어머니 한 사람에게 아버지 간병을 일임하고 손을 떼버릴 수는 없는 일이다. 지금은 누군가가 이 상황을 총체적으로 관리하고 이끌어야 하는데, 그런 일이라면 결국 내가 맡을 수밖에 없다. 직장에 얽매인 몸이 아니니 내 오랜 거주지인 서울과 내 가족으로부터 장기간 떠나 있어도 무방하다. 돈벌이는 시원치 않지만 자유로운 소설가 신분이 이럴 때는 도움이 된다!

나는 이 일에 적극적인 의미를 부여하기로 한다. 적극적으로 느끼고, 관찰하고, 성찰하면서 아버지의 마지막날들을 함께할 것이다. 내 마음은 그렇게 정리된다.

그러고 나서 우리는 간병인을 구하기로 한다. 초보자인 나를 도와줄 전문가가 필요하기 때문이다. 그의 도움을 받아서 아버지가 안정을 찾고 이 모든 상황에 익숙해지면 그때 또다른 방식을 택하게 될 것이다.

우리는 사방을 들쑤신 끝에 간병인 한 명을 구한다. 그리고 그 과정에서 나는 간병인들이 집에서 환자 돌보기를 꺼린다는 것을 알게 된다. 그들은 병원의 병실에서 간병사로 일하거나, 혹은 환자 집에 방문해 하루에 세 시간 정도 일하고 귀가하는 요양보호사로 일하기를 원한다. 말할 것도 없이 그게 부담이 훨씬 적기 때문이다. 일련의 경험을 해나가면서 나는 그들의 심정을 백번 이해할 수 있게 된다.

한 간병센터에서 사십대 초중반의 여성을 추천해준다. 우리는 센터측과 하루 열두 시간 근무 조건으로 계약한다. 간병인은 아침 여덟시에 와서 저녁 여덟시에 돌아간다. 이 비용 전액은 물론 우리가 개인적으로 부담해야 한다.

원칙상 간병인은 환자와 관련된 일을 모두 책임져야 한다. 곁에서 돌보는 것은 물론, 환자의 음식을 만들고 옷가지를 세탁하는 일을 비롯해 모든 것이 그의 책임이다. 그런 한편, 간병인이 먹을 음식은 그를 고용한 측에서 해결해줘야 한다. 그러니 환자의 가족과 간병인 사이에 피차 불편한 게 한두 가지가 아니다. 어느 날 갑자기 낯선 사람과 한집에서 얼굴을 맞대고 있어야 된다는 것 자체부터가 힘든 일이다. 게다가 환자를 두고 미묘한 심리적인 갈등이 생겨날 수도 있다. 바로 그런 점들 때문에 간병인들이 환자의 집으로 가서 근무하는 것을 꺼리는 것이다.

나는 우리보다 전문가인 그 사람에게 의존하면서 일단 가보기로 한다. 집에서 모시기로 한 이상 다른 뾰족한 방법이 없다. 한주 두주, 그리고 한달 두달 가보면 무엇이 문제인지, 어떻게 하는 것이 가장 좋을지 조금씩 답이 보일 거라고 생각한다.

무언가 실천을 하려면 알아야 하고, 알려면 경험하고 관찰하고 생각하면 된다. 나 자신이 직접 감당하려면 그 방법밖에 없다.

위로가 필요하다

깊은 밤이다.

나는 소변통을 씻어서 언제든 쓸 수 있는 상태로 두고 밖으로 나간다. 아버지는 제법 많은 양의 오줌을 누었고 잠이 들었다. 한동안은 나를 찾지 않을 테니 그 기회를 이용해 잠시 바깥바람을 쐬기로 한다.

나는 아파트 모퉁이의 샛길 옆에 있는 벤치로 간다. 뒤에는 낮은 산의 비탈이 있어 여름에도 시원한 곳이다. 아파트 근처 일대가 어두워 하늘의 별도 잘 보이고, 멀리 있는 다른 산의 윤곽도 또렷이 보인다. 비가 온 뒤에 흙냄새가 향기롭게 번지는 이 벤치는 이후 꽤 오랫동안 깊은 밤마다 '내' 자리가 된다.

나는 물처럼 흘러오는 바람으로 온몸을 씻으며 정신없이 달려온 지난 몇 주를 되짚어본다. 그야말로 어느 날 갑자기, 세상이 두 영역으로 나뉘었다. 내가 최고의 수준으로 관심을 기울여야 할 죽어가는 사람이 있는 나의 세계와, 나의 이런 상황에 놀라울 정도로 무관심한 그 외의 다른 모든 세계로!

병자의 세계에서 발생하는 소외의 감정은, 병자 자신에게는 물론 병자와 밀착해 있는 사람들에게도 일반적인 것으로 보인다. 하지만 실제로 세상 사람들이 특별히 병자와 병자를 돌보는 사람에게 무관심한 것은 아니다. 투병과 간병이라는 비일상적이고 힘든 상황 자체가 그런 감정을 불러일으키는 것이다.

그러나 이 소외감은 엄연히 현실적인 것이며, 따라서 그 세계 밖의 타인들을 바라보는 마음에도 변화를 가져온다. 아주 단순화시켜서 말하자면, 이런저런 자그마한 호의에도 큰 고마움을 느끼게 되는 반면, 평소에 늘 겪어온 인간들 사이의 별것 아닌 일상적인 무관심에도 좌절하게 되는 바탕이 된다. 그래서 모든 가까운 인연들은, 잠재적으로 더욱 친밀해질 후보이거나 다소 소원해질 후보가 된다.

지난 몇 주, 나는 죽음에 근접해 급속히 허물어져가는 아버지라는 이름의 생명체에 대해 강렬한 연민을 느꼈다. 이 연민은 속수무책에 처한 한 실존에게 도움을 줘야겠다는 의지와, 그 실존의 고통을 공감하고 이해하고 싶고, 그것을 통해 인간이라는 존재 자체에 대해 좀더 공감하고 좀더 이해하고 싶다는 의지의 발현이었다.

이것은 그 누구에게나 잠재된 선한 공감 능력이자, 인간이라면 말할 필요도 없이 갖춰야 할 덕목일 것이다. 그러나 이러한 덕목의 실천이 언제나 뿌듯한 유대의식과 만족감만을 주는 것은 아니다.

타인의 고통을 외면하지 않고 함께 나눈다는 것은 고통받는 본인만큼은 결코 아니지만 그 못지않게 괴로운 일이다. 고통받는 이가 나와 극히 가까운 인연, 즉 가족일 경우에 그 괴로움은 더 커진다. 가까운 인연으로서 가지는 유대감 때문에 큰 만족을 느낄 수 있지만, 동시에 슬픔과 좌절감도 그만큼 더 강해지기 때문이다. 이것은 누구의 마음이 더 선한지 아닌지의 문제와는 상관없는 것이다. 세상 모든 일은 자기 그림자를 가지고 있다는 차원으로 이해해야 한다.

햇빛이 비치면 그림자가 생기는데, 인간의 마음도 그와 다르지 않다. 누군가를 사랑하기 시작하면 반드시 미움도 함께 자라기 시작한다. 인간의 목숨이 그렇듯, 사랑조차도 그렇듯, 인간의 연민도 자기 그림자를 가지고 있다.

나는 아버지에게 느낀 강렬한 연민이, 아직은 아니지만 시간이 가면서 보기 흉하게 퇴락해 혐오스러운 모습을 연출하다가 소멸해 가는 생명체 그 자체에 대한 슬픔과 분노를 그림자처럼 동반하게 되는 것을 고스란히 체험한다.

늙은 육체는 그 자체만으로도 혐오스러운 것이다. 거기다 병까지 든 육체라면 더 말할 것도 없다. 그런 상태가 우리에게 거부감을 주는 이유는, 우리 자신이 그런 상태에 도달하고 싶지 않다는 마음과, 우리도 언젠가는 그런 상태에 도달하게 되리라는 두려움 때문일 것이다.

나는 삼 년 반 동안 고령의 병든 아버지와 동행하면서, 사그라져 가는 육체의 추하고 고통스러운 모습이 내 속에 생생하게 자국을 남기는 것을 체험하게 되었다. 그 자국들은 아버지가 흙에 묻힌 뒤에도 아무런 신호도 없이 불쑥 재현돼 나를 괴롭히곤 했다.

밥을 먹을 때 우연히 내 입에서 나는 후루룩 소리가 또렷이 의식되면서 아버지가 식사하던 애처로운 모습이 떠오른다거나, 혹은 늦은 밤 불면으로 뒤척이며 이불을 끌어당기고 모로 누울 때, 아버지 역시 이런 동작으로 힘겹게 돌아누웠었는데 하는 기억과 그 감각이 내 몸에 생생하게 떠오르는 식이었다.

그러다가 유품을 정리하고 모든 뒤처리를 끝내자, 차가운 겨울 바람이 온몸을 결박하는 듯한 강한 우울감이 내 몸을 점령하기 시작했다. 일상적으로 이따금 느끼던 우울한 감정과는 다른 것이었다. 그것은 일상적인 농도를 훨씬 능가하는 강한 우울감이었다.

어떤 메커니즘으로 내 속에 그런 게 만들어졌는지 잘 모르겠지만, 그것은 이른바 '대리 외상'의 일종이었다. 대리 외상이란 어떤 고통스러운 일을 직접 겪은 당사자가 아니지만 그 곁에서 겪은 간접 경험으로 인해 외상 후 스트레스 장애에 빠지는 현상을 말한다. 참혹한 일을 일상적으로 접하는 경찰관과 소방관, 그리고 그 일의 직접적인 피해자를 대하는 간호사, 심리치료사, 간병인 등에게 나타나는 증상이다. 죽어가는 아버지의 고통스러워하는 모습과 육체의 가슴 아픈 퇴락 과정을 수년간 고스란히 지켜본 간접 체험이 내 속에 그런 상처를 만들어놓은 것이다.

특별한 이유도 없이 슬픔이 증폭되었고 분노가 분출했다. 예기치 못한 순간에 때로는 슬픔이, 때로는 분노가 앞뒤 없이, 그리고 논리도 없이 밀물처럼 밀려들어와 내 속을 헤집어놓았다. 그러다가 또 어느 순간 썰물처럼 그것들이 빠져나가버리면 이번엔 그 밀도 높았던 마음의 빈자리가 뒤숭숭하고 불쾌한 공허감으로 가득 채워졌다.

이것은 대체로 특정한 대상 없이 내 속에 저 홀로 분출하는 허무한 감정이었지만, 그게 항상 그리고 반드시 그런 것만은 아니었다. 때로는 가까운 인연들을 향해 강한 분노가 치밀어오르기도 했으며, 그럴 때는 나 자신에 대한 불편한 감정이 함께 생겨났다.

어려운 일이 닥치면 인간관계는 거울 보듯이 명확해지고, 그로 인해 발생하는 감정 또한 평소의 몇 갑절로 커져서 다가온다. 친밀하게 지내온 이가 어려움에 처하면 평소보다 한발 떨어져 뒤로 물러서는 사람도 있고, 반대로 살짝 반걸음이나마 다가서주는 사람도 있다. 그래서 뜻밖의 큰 위기를 겪으면서 사람들은 평소 친밀했던 이들과 더 친밀해지고 유대감이 커지기도 하지만, 반대로 평소 친밀한 사이라고 생각했던 이들에 대해서 안타깝게도 신뢰감을 잃어버리고 소원해지기도 한다.

가족처럼 극히 가까운 인연 간에는 더더욱 그렇게 될 공산이 크다. 인간은 친밀하면 친밀할수록 서로 더 많은 것을 바라고 더 힘든 것을 요구하게 되는데, 자신에게 큰 위기와 어렵고 힘든 상황이 닥치면 당연히 그들에게 일정한 도움과 희생을 요청하게 된다. 또한 가까운 사이라면 그러한 요청에 응하는 게 당연하기도 하다.

하지만 작금의 대한민국 현실을 잘 살펴보면, 고령의 부모가 추한 병자가 되어 도움을 받아야 할 처지가 될 때, 가까운 인연들 간에 더 큰 연대감이 자라나는 경우도 많지만, 불행하게도 불신과 불만이 증폭되는 쪽도 아주 많은 것 같다.

그런데 우리 마음이 작동하는 메커니즘에서 볼 때 주의를 기울여야 할 점이 있다. 비일상적인 위기 상황이 되면 우리 마음은 모든 것들을 평소보다 더 강하게, 때로 수십 배 수백 배 더 강하게 받아들인다는 것이다. 이것은 우리가 앞서 언급한 소외감, 즉 세상으로부터 홀로 고립돼버린 듯한 그 고통과 민감성 때문이다.

이것이 문제다. 우리 인생의 대부분은 큰 슬픔도 큰 고통도 큰 기쁨도 없는 그렇고 그런 일상으로 채워져 있다. 따라서 자신의 삶에 위기가 닥쳤을 때 평소 친밀하다고 생각해왔던 다른 사람들이 보여주는 행동에 과다한 의미를 부여할 필요가 없는지도 모른다. 우리가 늘 비일상적인 위기 상황에서 사는 것이 아니니까 말이다.

하지만 우리의 감정은 자신에게 익숙한 일상을 현저히 넘어서는 힘든 상황에 처했을 때 사람들과 주고받은 바에 대해서, 그리고 주고받지 못한 바에 대해서 크게 집착하는 경향이 있다. 가족들은 물론이고, 이른바 남이지만 그저 남이라고 하기에는 그 의미가 큰 가까운 인연에 대해서도 그렇다.

폭풍우 한가운데에 서서 고스란히 비바람을 덮어쓰고 있을 때, 나와 지극히 가까운 인연들이 방안에서 딴 일을 하면서 이따금 창밖으로 내 모습을 힐끔힐끔 쳐다보기만 할 뿐이라면 어떻겠는가. 그것도 잠시 동안의 폭풍우가 아니라 병든 노인의 병수발 같은 지루한 긴 세월 동안이라면……

체험의 공유라는 긍정적인 차원에서도 그렇다. 특히 외면해서는 안 되는 집안의 위기 상황을 함께 겪는다는 것은 대단히 가치 있는 일이다. 이 체험의 공유는 가족 간의 유대를 강화해주고 서로에 대한 신뢰와 고마운 마음을 키워줄 것이다. 고통스러운 일을 함께 헤쳐나간 기억들은 서로 간에 큰 재산으로 자라날 수 있다.

충고가 허락된다면, 유사한 경우에 처한 사람들에게 이렇게 권고하고 싶다.

집안에 노인 환자가 생길 경우 모든 가족 일원이 나서서 간병에 동참하기 바란다. 저마다 역할이 다를 수는 있을 것이다. 다 처지가 다를 테니까. 바로 그 각자의 처지에 맞게 최선을 다해 참여하면 된다. 어린아이도 제외하지 말고 그에 맞는 역할을 부여해야 한다. 부득이 병원이나 요양원에 모셔야 할 경우도 전혀 다르지 않다. 그럴 경우에도 단 한 사람도 예외 없이 자기 몫의 참여를 하는 것이 좋다.

불가피하게 고통의 현장에서 상당 정도 벗어나 있을 수밖에 없는 사람이라면 최소한 환자를 주도적으로 맡은 사람에게 수시로 전화라도 하기 바란다. 그것만으로도 큰 힘이 될 수 있고, 연대가 유지될 수 있다. 이렇게 가족 중에 누구 하나 외면하지 않고 모두 그 고통에 동참해 유대감을 느낄 수 있다면, 현실적으로 그리고 정신적으로 받는 고통을 보상하는 큰 선물을 얻을 수 있을 것이다.

나는 어느 날 느닷없이 시작되어 고도의 스트레스 상태로 우울하게 이어진 삼 년 반의 세월을 겪고서, 모든 것이 끝난 뒤에 지난 일들을 반추해보는 한편, 세상의 다른 곳에서는 어떻게 이 일을 대처하고 있는지 관찰하고 묻고 알아가면서, 모든 것이 돌이킬 수 없게 되고 난 뒤에야 이러한 배움을 얻을 수 있었다.

안타깝고 아프게도 결정적인 배움은 언제나 이렇게 뒤늦게 찾아온다. 그래서 문제적 상황이 한창 진행중일 때는 대체로 어설프게 대응하다가, 상황이 종료되고 돌이킬 수 없게 된 뒤에야 그때 어떻게 했어야 충분하고 후회 없는 대응이었는지 깨닫게 되는 것이다.

아, 밤바람은 참으로 시원하고, 검푸른 밤하늘은 맑기만 하다. 오랜만에 온몸으로 평화를 느낀다. 하지만 이 소중한 감각이 곧 사라지리라는 것을 나는 잘 알고 있다. 아픈 아버지를 돌봐야 하지 않아도 그럴 것이다. 지극히 자유로운 존재라 해도 그럴 것이다. 이렇게 맑고 편안한 평화는 순간의 일이지 지속적으로 길게 주어지는 게 아니다.

나는 벤치에서 일어선다. 그리고 터덜터덜 걸어들어가 엘리베이터를 탄다. 문을 열고 집안으로 들어선다. 후텁지근한 공기 속에 소변 냄새가 떠돌고 있다. 이 냄새는 이후 오랫동안 내 삶의 일부가 된다.

나는 이부자리 위에 피곤한 몸을 눕힌다. 깨는 일 없이 아침까지 잘 자기를, 그러니까 아버지가 아침이 올 때까지 나를 깨우지 않고 내내 푹 주무시기를 기원한다.

그러나 그런 기적은 일어나지 않는다. 나는 수시로 안방으로 들락거리며 잠을 자는 건지 꿈속을 헤매는 건지 알 수 없는 밤을 보낸다. 그리고 비몽사몽간에 아침을 맞는다.

아침 여덟시. 매일 이 시각이 되면 현관벨이 울리고 간병인이 들어온다. 그러면 나는 '아, 이제 밤이 지나갔구나!' 하고 해방감을 느낀다.

낮에는 소설을 조금씩 쓰고, 생활비를 벌기 위해 그 자체로는 재미있지만 하고 싶지는 않은 일을 하고, 틈틈이 필요한 물건을 사 오는 따위의 보조적인 간병인 역할을 한다.

간병인은 체격이 크고 힘이 좋은 사람이다. 그러나 붙임성은 없다. 경험도 부족해 보인다. 아무래도 근래에 요양센터에서 몇 주 남짓 교육을 받고 자격증을 취득한 뒤 처음으로 현장에 파견된 초보자 같다.

간병인은 수시로 소변통을 대령하고 비우고 씻는다. 가끔 아버지를 화장실에 데려가야 하는 경우에는 그 사람 혼자서 아버지를 휠체어에 태울 수 없기 때문에 내가 거들어줘야 한다. 그는 아버지의 식사도 챙기고, 나의 요청에 따라 아버지에게 다리운동을 시키기도 한다.

그러나 며칠 지나지 않아 힘들어하는 기색이 역력하다. 지극히 자연스러운 현상이다. 이미 병원에서부터 극적인 시간들에 단련이 된 나는 다소 여유를 가지고 초보자가 분명한 그 여자를 지켜본다. 과연 얼마나 잘해낼 것이며 또 얼마나 갈 것인가.

간병은 몸도 고달프지만 정신적으로도 힘든 일이다. 고령의 병자를 돌보는 경우에는 정신적인 어려움이 더 클지도 모르겠다. 정신적인 부담을 견디는 일에 비하면 빨래를 하고 음식을 만드는 건 쉬울 수도 있다. 그저 병든 노인 곁에 계속 머물러 있는 것만으로도 스트레스 지수가 급상승할 수 있기 때문이다.

노인이 아니어도 아픈 사람 곁에 밀착해 있으면, 마치 이슬비에 옷이 젖듯 그 환자의 고통이 간병인에게 고스란히 전이된다. 감정을 가진 존재인 인간이 그걸 피할 수가 없다. 반면 환자에게는, 병든 자신을 외면하지 않고 누군가가 곁에 있어준다는 바로 그 사실이 가장 큰 위로가 된다.

긴급 상황

이런 일이 늘 그렇듯이 불안하게 흘러가던 일상에 갑자기 폭탄이 터진다. 부산의 병원에 입원해 있던 어느 날 한밤중에 벌어진 아버지의 설사 소동과 같은 폭탄이다. 이번 폭탄은 난감하기만 한 것이 아니라 아주 긴박하고 위험한 것이다. 아버지의 요도가 막혀버렸다.

요도 폐색!

나는 그 사실을 간병인이 오기 직전에 지각한다. 아버지의 배는 점점 부풀어오르지만 오줌은 도통 나오지 않는다. 나는 아버지가 간밤에 소변을 거의 보지 못했다는 사실을 상기한다. 한밤중에 수차례 소변통을 달라고 해서 대령했지만 아무것도 나오지 않았다. 새벽에 다시 소변을 보고 싶어했지만 잘 되지 않았다. 이때도 경험 없는 초보인 나는 이것이 요도 폐색일 거라고는 미처 생각하지 못했다.

나는 간병인이 오기만을 기다린다. 그가 나름의 진단을 하고 행동 지침을 제시해주기를 기대한다. 하지만 우리집에 들어서자마자 위기에 직면한 그 사람의 반응을 보니 역시 초보 중의 초보임이 분명하다. 뭘 어떻게 해야 하는지 머릿속에 그림이 그려지지 않는 표정이다. 그저 당황해 아버지를 재촉하기만 한다.

아버지는 안절부절못한다. 간병인도 마찬가지다. 아버지가 소변통 아가리에 자신의 고추를 내놓고 오줌을 누려고 애쓰는 상황에 여자 간병인과 내가 함께하고 있는 이 기묘한 시간이 한참 이어진다.

번쩍, 하고 나는 뒤늦게야 이대로는 안 된다는 것을 깨닫는다. 전문교육을 받았다는 그 초보 간병인은 아무런 도움이 되지 못한다. 나는 병원에서의 경험들을 반추하면서 감정의 문을 닫고 생각하기 시작한다.

생각 그리고 관찰! 이것만이 나의 진정한 스승이다.

나는 서둘러 병원에 연락해 상황을 설명한 뒤 구급차를 요청한다. 차가 오는 동안 계속 소변을 보게 해보지만 전혀 소용이 없다. 이제는 상당히 불룩해진 배를 어루만지며 아버지 자신도 소변을 빼내려고 안간힘을 쓰지만 한 방울도 나오지 않는다.

그때쯤 내 속에서 공포감이 마치 거미처럼 스멀스멀 기어다니기 시작한다. 이러다가 아버지의 방광이 찢어지는 게 아닐까? 후회가 밀려온다. 배가 과하게 부풀어오른 새벽에 바로 구급차를 부르지 못한 데 대한 후회다. 평소 아버지는 전립선 비대로 인한 배뇨 장애가 있기 때문에 좀더 악화된 게 아닌가 하는 것까지는 생각했지만 그다음 단계로 나아가지는 못했다.

아버지는 극도로 혼란스러워한다. 꿈인지 생시인지 분간이 안 되는 듯한 얼굴이다. 처음 걸어보는 낯선 길로 들어서 헤매는 표정이다. 아마도 죽음이라는 인생의 마지막 단계로 들어선 모든 사람들이, 그 구체적인 내용은 다르겠지만, 다 그렇게 낯선 길을 헤매게 되는 것이리라.

나도 아버지만큼이나 혼란스럽고 신경이 곤두선다. 하지만 나는 아버지와 달리 내 스스로 그렇다는 사실을 인지하고 있고, 지금 우리를 둘러싼 이 상황이 어떤 꼴인지도 잘 알고 있다. 어른의 경우에, 자신이 지금 어떤 상황에 처해 있는지 제대로 인지하지 못한다는 것은 비극적인 일이라는 생각이 든다.

나는 밖으로 나가 구급차가 오기를 기다린다. 마침내 그들이 나타난다. 아주 젊은 두 남자가 차에서 내린다. 어쩐지 병원에서 일하는 사람이 아니라, 복학을 앞두고 창고 같은 데서 박스 나르는 일을 하는 아르바이트생 같은 느낌을 준다. 나는 그들에게 위급하니 서둘러달라고 부탁한다. 그들은 "네" 하고 대답하지만 느릿느릿 움직인다.

이웃들이 관심을 보인다. 아침부터 구급차가 출현했으니 당연한 일이다. 걸어서 병원에 갔던 아버지가 휠체어를 타고 돌아왔다는 걸 아는 사람들은 이번엔 또 무슨 일인가 하고 주시한다.

"아이고, 어떻게 되신 거예요?"

산책을 할 때면 항상 못생긴 개를 데리고 나오는 아파트의 마당발 아주머니가 눈이 동그래져서 내게 묻는다. 뭐라고 해야 하나.

'실은 아버지의 요도가 막혀서 오줌이 안 나와요. 그래서 배가 불룩해졌는데 그냥 두면 방광이 터질 것 같아 응급실에 모시고 가려고요.' 이렇게 말할 수는 없는 노릇이라 "아, 네, 그게 좀" 하고 얼버무리고 만다.

아파트여서 환자를 내리는 데 어려움이 있다. 구급차에 싣고 온 긴 들것은 이용할 수 없다. 높낮이만 조절할 수 있는 것이어서 세로로 세워 엘리베이터나 계단을 통해 집까지 가져갈 수는 있겠지만 환자를 싣고 내려가는 것은 불가능하다. 어쩔 수 없이 아버지를 휠체어에 태우고 아래로 내려가 들것으로 옮긴다.

그러는 사이에 아버지는 계속 비몽사몽간에 횡설수설하면서 부풀어오른 배를 어루만지고 있다. 찰나 '내가 저 상황이라면?' 하는 상상이 뇌리를 스친다. 이른바 '정신줄을 놓는다'는 표현이 절실하게 가슴에 다가온다. 스스로 견디고 봐줄 수 없는 상태여서 차라리 정신을 잃어버린다는 뜻이 아닌가. 그것이 이해가 되기 시작한다.

이윽고 구급차가 출발한다. 간병인과 나는 아버지가 드러누운 들것 건너편의 좁은 장의자 양쪽 끝에 앉아서 앞뒤로 흔들리며 힘든 시간을 견딘다. 직접적으로 고통받는 아버지 본인에게는 죄송스러운 말이지만, 곁에서 동행하는 사람에게도 이러한 시간을 견뎌내는 데는 많은 에너지가 든다.

무슨 이유인지 구급차에서는 기름 타는 역한 냄새가 진동한다. 그 때문에 그들이 와준 게 고마우면서도 화나고 불쾌하고 분노가 치민다. 그렇다고 절대적으로 그들의 도움이 필요한 내 입장에서, 그런 감정을 밖으로 내놓을 수는 없다. 고스란히 속으로 삼킬 뿐이다.

아직 아침 시간이라 그런지 응급실에는 젊은 남녀 간호사 몇 사람뿐이다. 환자를 받아들이고 접수하는 과정에 능숙하지도 친절하지도 않아 보인다. 그저 무심한 기계들 같다. 나에게 어떤 상황인지 묻지 않아서 내가 먼저 아버지에 대해 얘기해준다.

그러는 사이에 당직 의사가 온다. 그가 컴퓨터로 아버지의 진료 기록을 보고 내게 질문을 던진다. 조금 전에 간호사를 상대로 다 얘기했던 것이다. 아, 이래서 '상황 판단이 뛰어난 훌륭한' 간호사가 내게 아무것도 묻지 않았구나, 하고 뒤늦게 깨달으며 그 내용을 다시 반복한다.

뒤이어 그가 지시를 내리자 남자 간호사가 아버지의 사타구니 사이에 손잡이가 달린 사각형 플라스틱 소변통을 놓고 요도를 통해 카테터라고 하는 가는 줄을 방광까지 쑤셔넣는다. 실제로도, 그 어느 영상으로도 본 적 없는 광경이다.

마침내 방광 안에 갇혀 있던 노란 소변이 힘차게 나오기 시작한다. 암담하고 갑갑하던 마음에 숨통이 조금 트이는 것 같다. 소변이 어느 정도 빠져나오고 부풀어오른 배가 가라앉으면서 아버지의 얼굴도 편안해져간다. 그러면서 아버지는 순식간에 잠들어버린다. 아마 깨어나면 무슨 일이 있었는지 기억하지 못하겠지, 하는 생각이 들면서 다시 암울한 심정이 된다.

잠든 아버지와 졸졸 나오는 소변을 바라보는 내 마음은 뭐라고 형용할 수 없는 희한한 상태다. 이런 상태를 어떻게 표현해야 하는 것일까. 신경이 극도로 예민해져 있으면서도 텅 빈 광장에 홀로 서 있는 것처럼 적막하기 그지없다고 하면 될까. 아니면, 나의 외부에 엄청난 소동이 일어나고 있는데도 불구하고 나만 투명인간처럼 외부와 완전히 차단되어 있는 것 같다고 할까.

간병인도 얼이 빠진 것 같다. 응급실 안은 시원한데도 그의 얼굴에 솟아오른 땀은 쉬 마르지 않는다. 그것으로 보아 엄청나게 스트레스를 받고 있다는 걸 알 수 있다. 나처럼 그도 이러한 일을 처음 겪는 것이다.

그가 정신적으로 큰 충격을 받고 있구나, 하는 생각이 든다. 그렇지만 지금은 힘들더라도 그가 간병일을 계속해간다면 이런 경험이 소중한 약이 되겠지, 하고 긍정적으로 생각해본다. 그리고 잠시 밖으로 나가 한숨을 돌린 뒤 들어오면서 커피 한 잔을 뽑아 그 여자에게 건넨다.

아버지는 깨지 않고 계속 잠들어 있다. 나는 그 불쌍한 얼굴을 찬찬히 바라본다. 누구도 보고 싶어하지 않을 흉한 몰골이다. 누가 좋아하겠는가. 주름과 검버섯이 가득한 노리끼리한 피부에, 뺨은 움푹 들어가고, 수염이 잡초처럼 자라 있으며, 입을 헤벌린 채 힘겹게 숨을 쉬고 있는, 고통과 피로와 고뇌가 잔뜩 어린 병든 노인의 얼굴을!

까마득한 젊은 날에 읽은 보들레르의 한 대목이 흐릿하게 떠오른다. 그 기억을 내 식으로 옮겨본다. 노쇠로 추해진 노인의 얼굴과 깨끗하고 산뜻한 어린아이의 얼굴을 나란히 놓고 보면, 그 두 존재가 같은 종족일 거라고는 도저히 생각할 수 없다고 그는 한탄했는데, 그때 느꼈던 그 관념적인 공감은, 수십 년이 지난 지금 이제 죽어가기 시작한 아버지를 앞에 놓고 구체적이고 생생한 체험으로 바뀌어 내 속에 되살아나고 있다.

나는 아버지의 소변 장애에 대해 의사와 대화를 나눈다. 그는 비뇨기과 진료를 받으라고 권하면서, 도뇨 카테터를 빼지 않고 그대로 두겠다고 알려준다.

비뇨기과에서 접수를 하고 오니 그사이에 방광까지 집어넣은 소변줄은 반창고로 배에 고정되어 있고, 그 긴 줄 끝에 소변팩이 달려 있다. 텔레비전 화면에서 무심히 보던 그 모습이구나, 하는 생각이 든다. 나는 늙어서 저런 것을 달고 싶지 않다는 생각도.

"소변팩은 환자보다 낮은 곳에 있어야 해요."

여자 간호사가 주의사항을 알려준다.

"집에서는 침대가 아니라 요 위에 누워 있는데 괜찮을까요?"

내가 묻자 간호사가 말한다.

"높은 쪽에 놓이지만 않으면 괜찮아요."

나는 고개를 끄덕인다. 환자가 소변을 누는 것이 아니라, 방광에 소변이 흘러들면 중력에 의해 연결된 소변줄을 따라 아래로 흘러내리는 것이다. 그러니 팩이 몸보다 위쪽에 있으면 방광의 소변이 밖으로 배출되지 못할 것이고, 소변팩에 차 있던 소변이 역류할 수도 있을 것이다.

간병인과 나와 아버지는 환자 수송용 대형 엘리베이터를 타고 비뇨기과가 있는 삼층으로 간다. 바퀴가 달린 들것에 누워 이송 직원이 끄는 대로 이리저리 끌려다니는 아버지의 얼굴에 불안이 가득하다. 접수부의 간호사가 의사를 만나기도 전에 그의 지시라면서 먼저 몇 가지 검사를 하자고 한다.

악! 소리가 내 입에서 터져나오려고 한다. 또 검사! 고령의 환자가 들것 위에 누워 있는 저 모습을 보고도 그런 소리가 나올까?

전립선 비대 검사는 몇 가지가 있다. 이것은 이후 아버지를 대신해 무수히 병원을 들락거리며 대기실에서 다른 사람들과 대화를 나누고 구경하다보니 알게 된 것이다.

우선 환자에게 제법 되는 양의 물을 마시게 하고 오줌이 엄청 마려울 때까지 몇 시간 정도 기다리게 한다. 그러고는 소변을 보게 하는데, 그때 소변의 배출 속도와 배출량, 방광에 남아 있는 소변량 등을 측정한다. 환자에 따라서는 항문에 손가락을 넣어 만져보기도 하고, 혹은 항문에 초음파 기계를 넣고 모니터를 보며 진단하기도 한다.

그런데, 아버지보고 그런 검사를 받으라고?

의사를 만나야 하니 일단 시키는 대로 초음파검사를 위해 돈을 낸다. 그러나 진료실에 들어간 나는 의사에게 지금 환자가 그런 복잡한 검사를 해낼 수 없는 처지이니 검사는 나중에 하고 일단 나를 통한 문진만으로 응급 처방을 해달라고 분명하게 요구한다.

돌쇠 풍모에다 웃으면 약간의 눈웃음이 생기는 내 또래 의사가 다행히 나의 요구를 받아들여줘서 나는 아버지의 전립선 비대 이력과 치료 이력에 대해 내가 알고 있는 정보를 모두 제공한다. 의사는 처방을 하면서, 약이 저혈압 쇼크를 가져올 수도 있기 때문에 몸을 일으킬 때 조심하라고 일러준다. 단기간만 사용하고 다른 약으로 바꿀 거라고도 한다. 막힌 요도가 뚫린다면 그 정도야 무슨 문제겠는가.

우리는 다시 아버지가 누워 있는 들것을 밀고 복도를 지나 한참을 기다린 끝에 아까 그 대형 엘리베이터를 타고 응급실로 내려간다. 그리고 간병인에게 아버지가 불안해 보이니 자리를 비우지 말고 곁에 있어달라고 요청하고, 병원비를 계산하기 위해 일층 수납프런트로 간다.

줄을 서서 순서를 기다리는데 몇 시간을 긴장 속에서 보낸 탓인지 피로가 확 몰려온다. 그러면서 아버지가 부산의 병원에 입원한 다음날, 거의 뜬눈으로 밤을 새우고 난 아침에 엘리베이터를 타고 일층으로 내려가며 느꼈던 그 감각이 겹쳐진다. 그때처럼 나는 제자리걸음을 하듯 자문한다.

'이렇게 견뎌가는 게 맞는 건가? 이걸 계속 어떻게 감당하지? 혹시 다른 방법이 있는 게 아닐까? 그리고 언제까지 이렇게 진행되는 걸까? 계속 견뎌낼 수 있을까?'

하지만 그때처럼 아무런 답도 얻을 수 없다.

처방전을 받아 병원 내부에 있는 약국에서 약을 타고 응급실로 돌아간다. 간병인은 기진맥진한 기색이 역력하다. 엄청난 스트레스를 받은 것 같다. 아버지는 드러누운 채 사방을 두리번거리더니 내 얼굴을 보고는 그러기를 멈춘다. 그것은 나를 알아본다는 증거다. 하지만 짐작건대, 자신이 어디에 있는지, 왜 거기에 있는지는 잘 모르는 것 같아 보인다.

"병원으로 올 때는 저희가 무료로 해드리지만 돌아가실 때는 비용을 내셔야 합니다. 그리고 지금은 구급차가 나가 있어서 잠시 기다려야 하는데, 혹시 민간 구급차를 불러드릴까요?"

구급차 이용에 대해 응급실의 젊은 남자가 하는 말이다.

나는 잠시 갈등하다가 그러자고 한다. 어서 여기서 벗어나고 싶기도 하고, 이참에 민간 구급차는 어떻게 운영되는지 알아두자고 생각한다. 앞으로 구급차를 이용해야 할 순간들이 무수히 대기하고 있을지도 모르니까 말이다. 실제로 그날 이후 여러 차례 그 민간 구급차를 이용하게 된다.

민간 구급차는 오 분도 안 되어 나타난다. 얼굴이 시커먼 남자가 들것을 밀고 오는데, 한눈에도 낡고 허접해 보이는 것이 덜컥거리는 소리까지 심하다. 그래서 병원 구급차보다 민간 구급차가 기능이 더 떨어진다고 생각하지만 실상을 알고 보니 그게 아니다. 집에 도착하자 그 허접해 보이는 들것이 신통한 재주를 발휘한다. 차 안에서는 침대처럼 쭉 펼쳐져 있던 그것이 엘리베이터 앞에서 이렇게 저렇게 접으니 순식간에 네 바퀴가 달린 의자로 변신한다. 딱 높이가 쓸데없이 높고 하부구조가 복잡한 휠체어 모양이 되었다.

구급대원은 그 모양새로 엘리베이터를 타고 올라가 현관 앞에서 휠체어를 약간 뒤로 젖혀 집안으로 들어간다. 그리고 처음처럼 그것을 완전히 눕히더니 안방까지 밀고 들어가 아버지를 내려놓는다. 무슨 묘기라도 보는 기분이다.

나는 뭐라고 불러야 할지 애매한 그 남자에게 음료수 한잔을 건네고, 십 분 남짓 거리치고는 꽤 비싼 비용을 치른다. 그리고 엘리베이터 앞에서 그를 배웅하며 급할 때 써먹으려고 전화번호를 알아둔다. 그러면서 나중에 찾아보고 알게 된 것이지만, 5단주들것이라고 부르는 그 물건이 궁금해 물어본다.

"이런 들것은 얼마나 하죠?"

"가격 말인가요?"

"네."

"삼백만 원 정도? 이건 좀 좋은 것이고, 싼 것도 많이 있어요."

"아, 네."

엘리베이터가 온다. 그가 문외한인 나에게는 허접한 고물처럼 보이지만 실제로는 삼백만 원이나 하는 5단주들것을 엘리베이터 안으로 밀어넣는다. 그 모습이 마치 심통을 부리느라고 태업중인 로봇의 엉덩이를 미는 것 같다.

"그럼 잘 가시고요. 또 연락하게 될 것 같으니 신속하게 와주세요. 부탁드립니다."

"아, 그럼요. 언제든 연락주세요. 그럼 고생하세요."

집으로 돌아온 아버지는 바로 잠이 든다. 이제 소변 때문에 고생할 필요가 없어졌다. 요의를 느껴서 소변통을 사타구니 사이에 두고도 한참 동안 오줌이 나오지 않아 힘들어하는 일은 이제 없을 것이다. 방광으로 모이는 소변은 저절로 소변줄을 타고 나와 팩에 모이게 되어 있다. 아버지는 요의 자체를 느끼지 않을 것이다.

팩에 소변이 어느 정도 차면 소변줄 하단을 차단하고 팩 아래쪽에 달린 배출구 마개를 뽑아 소변을 통에 쏟은 후 다시 처음 상태로 전환하면 된다.

그것만으로도 이제 한시름 덜었다 싶어 마음이 놓인다. 심하면 하루에도 수십 번 소변통과 씨름을 해야 하는 일이 없어진 게 아닌가. 아버지도 고통에서 놓여났지만 간병인도 그렇다. 또한 우리들도 마찬가지이다. 밤마다 아버지가 여러 차례 소변통을 찾는 일이 없어질 테니까. 소변팩에 소변이 얼마나 찼는지 두어 번 체크하고 적절히 조처하면 되는 것이다.

나는 내 방 책상 앞에 앉아 긴 한숨을 토해낸다. 미래를 내다보는 신통력이 없는 바보 같은 나는 아버지를 요도 폐색의 위기와 고통에서 구해준 그 도뇨 카테터가 또 한번 마른하늘의 날벼락 같은 난리법석을 가져올 거라고는 눈곱만큼도 생각하지 못한다.

모두가 죽는다

태양이 서산으로 기울기 시작한다. 글쓰기나 다른 일에 몰두해 있는 중에도 내 방 서향 창으로 들어오는 빛의 농도 때문에 나는 그 사실을 알아차릴 수 있다. 그것은 이제 간병인이 떠날 때가 다 가온다는 신호이기도 하다.

나는 바지를 갈아입고 밖으로 나간다. 이맘때면 이렇게 밖으로 나갈 때가 많다. 밤을 견디기 위한 준비운동과 같은 것이다. 때로 밖에서 저녁을 사 먹기도 한다. 산책을 할 때면 긴 육교를 지나 기차역 광장까지 갔다가 돌아온다.

어둠이 내리고 다시 기차역을 가로지르는 긴 육교를 건너올 때마다 일본 애니메이션 〈은하철도 999〉가 생각난다. 육교 아래 한쪽에서는 자동차들이 질주하고 있고, 길가 담 너머에는 어둠에 잠긴 고요하고 인적 없는 기차역의 안쪽 풍경이 펼쳐져 있다. 내게 언제나 제비꽃을 연상시키는 신호기의 아스라한 불빛과 길게 휘어지며 교차하는 철로들, 그리고 아담하게 서 있는 창고와 물탱크와 플랫폼의 기다란 삼각형 지붕까지, 여기저기 외등이 켜져 있는 풍경은 딱 은하철도 999가 잠시 멈춰 선 우주의 어느 황량한 역이다.

미야자와 겐지의 『은하철도의 밤』을 모태로 하는 〈은하철도 999〉는 영원한 생명을 누리는 기계인간이 주요 모티프다. 요즘으로 치면 영원히 사는 사이보그가 되겠다. 인간의 정신을 온전히 갖추고 있으면서도 늙고 병들어 죽지 않고 영원히 사는 기계인간. 이것은 물론 신기루이지만, 여기에는 소멸을 전제로 존재하는 인간의 슬픔과 두려움이 투영되어 있다.

사실 우리들 각자는 원래 없었던 존재다. 우리는 알 수 없는 우연과 필연의 조합으로 어느 순간부터 존재하게 되었을 뿐이다. 우연과 필연을 섭리라고 하건 하느님의 뜻이라고 하건 달라지는 건 없다. 어느 날 존재하기 시작한 생명체는 또다른 어느 날 반드시 소멸하게 된다. 그래서 헛된 공상이라는 것을 알면서도 자꾸만 영생을 꿈꾸는 것이리라.

나는 나의 벤치 쪽으로 걸어가면서 미야자와 겐지가 인생 말년에 병치레를 하며 쓴 시들 중 한 편을 생각한다.

비에도 지지 않고
바람에도 지지 않고
눈에도 더위에도 지지 않는
튼튼한 몸으로
욕심도 없이
결코 화내지 않으며
언제나 조용히 웃는다
하루에 현미 네 홉과
된장과 약간의 야채를 먹고
모든 일에 대하여
객관적 자세로
잘 보고 들으며 이해하고
그리고 잊지 않고
들의 소나무 숲 속의
작은 초가 오두막에 살면서
동쪽에 아픈 아이가 있으면

가서 병을 돌봐주고

서쪽에 지친 아낙네가 있으면

가서 볏단을 지어 나르고

남쪽에 죽어가는 사람이 있으면

가서 두려워하지 말라 위로하고

북쪽에 싸움이나 소송이 있으면

사소하니까 그만두라 말리고

가물 때에는 땀을 흘리고

냉해인 여름에는 허둥대며 걷고

사람들에게 얼간이라 불리고

칭찬도 받지 않고

미움도 받지 않는

그러한 사람이

나는 되고 싶다*

하늘의 푸른 빛깔과 들판의 마른 흙 빛깔, 그리고 사람들과 꽃들의 그 모든 색깔로 그려낸 수채화 같은 글들을 우리에게 남긴, 농부이자 작가이자 사상가였던 이 신선 같은 사내는 병치레로 보낸 마지막 서너 해를 포함해 고작 서른일곱 해를 살고는 별똥별처럼 사라져버렸다.

산책을 하지 않을 때면 나는 대개 아파트 옆에 나지막이 솟은 비탈 앞 벤치에 앉는다. 거기서 조금씩 물들어가기 시작하는 하늘을 본다. 파란 하늘에 슬금슬금 나타나는 불그스름한 빛깔을 보며 태양을 생각한다. 그도 언젠가는 죽는다. 영원히 식지 않고 불타는 '기계 태양' 같은 것은 없다. 태양도 언젠가는 죽는다. 우리들 유기체만이 죽는 게 아니다.

십대 중반 어느 날, 나는 천체에 관한 책을 읽고 경이로운 공포감에 사로잡힌 경험이 있다. 그 책에는 태양도 언젠가는 죽는다고 되어 있었다. 태양이 죽는다고? 나는 충격을 받았다. 태양이 자신의 에너지를 점점 잃어가서 힘이 약해지면 구심력을 잃고 점점 부풀어오르다가 폭발해서 사라져버린다고 한다. 물론 그렇게 되면 인간을 잉태시킨 지구의 삶도 끝이 난다.

그 새로운 지식은 내 속에 처음 가져보는 기이한 감정을 불러일으켰다. 즉, 죽음이라는 개념에 눈을 뜬 것이다. 나는 죽는다. 언젠가는 죽는다. 그 이전에 나의 아버지도 나의 어머니도 죽는다. 모두 죽는다. 태양도 언젠가는 죽는 마당에 인간이 계속 살 수 있을 리가 없다. 모두 다 죽는다.

죽음은 아주 불쾌한 일이다. 정신적으로도 육체적으로도 그렇다.

인간은 뇌의 놀라운 기능 덕분에 의식이라는 것을 가지고 있다. 그는 자신과 모든 대상을 의식하고, 그러한 의식을 또 무한히 의식할 수 있는 능력을 갖고 있다. 당연히 죽음도 의식하며, 죽음으로 인해 그 의식이 소멸되리라는 것도 의식한다.

죽음이란 내가 나를 알아차릴 때의 바로 그 의식이 없어져버리는 사건이다. 이것은 태연하게 받아들이기 어려운 일이다. 의식이 있는 상태를 모든 존재가 훤히 보이는 대낮이라고 한다면, 의식의 소멸은 별빛도 달빛도 없어서 아무것도 구별되지 않는 깜깜한 한밤중과 같은 것이다.

그런 한편, 죽음은 나의 육체가 부패하는 것이기도 하다. 인간이 죽어간다는 것은 인간 유기체가 부패해간다는 뜻이며, 내가 죽어간다는 것은 유일무이한 나의 육체가 부패해간다는 뜻이다. 누가 그러한 부패의 현장에 가까이 붙어 있고 싶겠는가. 본능적으로 회피하게 되어 있다.

나는 죽어가는 노인을 가까이에서 지켜본 적이 없다. 나의 조부모는 아버지가 십대 중반일 때 이미 세상을 떠나셨다고 한다.

나는 또한 시신 자체를 가까이에서 본 적도 없다. 힐끗 한번 본 적도 없다. 고령의 병든 아버지는, 내가 가까이에서 적나라하게, 그리고 긴 세월 동안 매일같이 접한 최초의 죽어가는 사람이었다.

대학 시절에 특이한 경험을 한 적은 있다. 동아리 선배 하나와 아는 의대생을 따라 해부학 강의실로 갔다. 무슨 이유로 그 두 사람이 나를 그곳에 데려갔는지는 모르겠다.

포르말린 냄새가 진동했다. 대여섯 개의 작업대가 있었던 것으로 기억한다. 각 작업대마다 해부된 시신이 놓여 있었다. 얼굴이 비닐 같은 것으로 싸매져 가려진 시신은 배가 갈라져 내장이 고스란히 드러나 있었다. 가슴과 배 안에 갖은 장기가 마치 연탄불에 올려놓은 큰 순대 냄비 속의 내장들처럼 뒹굴고 있었다. 피부는 콩기름을 먹인 장판 같았고, 혈관들은 끼리끼리 묶여 있었다. 흰 가운을 입은 의대생들이 삼삼오오 작업대 주변에 모여 시끄럽게 떠들어대고 있었다.

나는 그다지 놀라지 않았다. 인간의 육체가 개, 돼지, 소 등과 근본적으로 다르지 않다는 걸 충분히 인식하고 있었다. 인간에게 고유의 정신 영역이 있다는 것은 위대하다고 할 만하지만, 그렇다고 해서 육체적 조건이 다른 동물들과 완전히 다른 것은 전혀 아니다.

그 위대한 정신을 만들어내는 인간의 뇌라는 것도 진화 과정의 동물적 흔적을 고스란히 간직하고 있다. 정신의학자들에 의하면 인간은 세 종류의 뇌를 가지고 있다고 한다. 파충류에서 비롯된 것과 초기 포유류에게서 물려받은 것, 그리고 후기 포유류로부터 발달한 것이 그것들이다. 그러니까 우리는 인간이면서 동시에 악어와 말馬이기도 한 것이다.

해부학 교실에서 인간의 시신을 보고서 든 느낌은 나에게는 이미 익숙한 약간의 허무감이었다. 어떤 추정 자료에 의하면 지구상에 살다가 떠난 인류가 오백억 명이나 된다고 하는데, 인간을 다른 동물과 '절대적으로' 구별해주는 것은 없다, 라는 게 대학생인 내가 그때까지 가지고 있던 생각이었다. 그러니 포르말린에 절여져 배가 갈리고 내부를 고스란히 드러내놓은 인간의 시신이 특별하게 보일 것도 없었던 것이다.

시골에서 보낸 어린 시절에는 죽음이 일상적인 것이었다. 어린 아이였으니 시신과 죽어가는 자의 참혹함이나 고통에 가까이 다가가 있지는 않았지만, 죽음의 사물들인 무덤과 상갓집 풍경과 상여는 전혀 낯설지 않았다.

우리는 꽤 자주 무덤 주변에서 놀았다. 이따금 그게 무덤이라는 사실을 잊어버릴 정도였다. 상갓집은 어린 눈에 잔칫집 같았고, 상여 행렬은 진기한 구경거리였다. 어린 시절의 나에게 죽음은 전혀 죽음이 아니었다.

여름철에 폭우가 내리면 도로와 개천 상태가 좋지 않았던 시절이라 범람한 길을 건너다 급류에 휩쓸려 누구 집 아이가 죽었다는 이야기가 떠돌곤 했다. 그럴 때면 희미한 두려움이 가슴을 파고들긴 했지만 그 이상은 아니었다. 동네 형들이 물에 퉁퉁 불은 아이의 시신에 대해 얘기를 하면 우리는 무슨 재미난 이야기라도 듣는 것처럼 몰려들어 귀를 기울이곤 했다. 그러고는 바로 잊어버리고 아이가 빠져 죽었다는 그 개울에 가서 놀기에 바빴다.

특별히 불행한 시대가 아니라면, 누구에게나 어린 시절은 죽음이 침범하지 못하는 생명의 명랑성으로 충만한 기간이다. 당연히 그래야 한다. 아직은 한참 동안 맹렬히 생명의 번창에 즐거워하며 마음껏 그걸 누려야 한다. 신나게 자신의 육체를 즐겨야 할 어린아이들이 인간이라는 생명체 속에 내재한 고통과 공포를 알 필요는 전혀 없다.

그러나 그런 시절이 계속 지속될 수는 없다. 인간을 인간답게 해주는 그 정신 때문에, 우리는 성장해가면서 자신을 이해하고 세상을 이해하고, 자기 속에 이미 죽음이 내재해 있다는 것도 알아차리게 되며, 때로 지속적이고 심한 불안에 사로잡히기도 한다.

사람들이 죽음을 또렷이 의식하고 공포에 사로잡히는 일은 제각각의 방식으로 경험하게 되는 것 같다. 어떤 사람들은 아주 어린 나이에, 어떤 사람들은 사춘기에, 그리고 어떤 사람들은 꽤 오랜 세월 그런 문제에 대한 의식이 없다가 인생의 황혼기에 이르러 비로소 심한 두려움에 사로잡히기도 한다.

작가 톨스토이는 마흔한 살 때 극심한 죽음의 공포에 사로잡혔다고 한다. 대작 『전쟁과 평화』를 내고 나서의 일로, 작가로서 최고의 성공을 거두고 한창 명성을 얻고 있을 때였다. 그런 그에게 슬그머니 죽음의 공포가 다가와 의식을 점령하고 그를 쥐어짰다. 그는 모든 생명체는 죽는다는 것, 당연히 자신도 죽는다는 사실에 심각하게 집착하며 고통을 받았다.

그가 어떻게 그 정신적인 위기를 극복했는지는 모르겠지만 어쨌든『이반 일리치의 죽음』등과 같은 작품으로 자신의 경험을 승화시켰으며, 그의 공포 어린 우려와 달리 그는 그로부터 마흔한 해를 더 살고 떠났다. 흥미로운 것은 당시 러시아 남자들의 평균 수명이 딱 마흔한 살이었다고 한다.

나에게 죽음이라는 관념이 심각한 공포로 다가온 것은 고교 시절이었다. 병들어 죽어가는 사람을 가까이서 보며 생활을 했다든가, 시신을 보았다든가 그런 일이 있었던 것은 아니다. 강하게 자라난 자의식을 통해 나와 세계를 또렷이 인식하게 되면서 생긴 현상이었다.

나는 시간을 생각하게 되었고 자연히 죽음에 대해 생각하게 되었다. 그러자 중학생 시절에 천문학 책을 보면서 갖게 되었으나 곧 어디론가 사라졌던 그 죽음에 대한 생각이 엄청난 폭풍이 되어 되돌아왔다.

나는 하숙방에서 생각에 생각을 거듭하고 책을 읽기 시작했다. 우주의 끝을 생각했더니 머리가 뱅글뱅글 돌았다. 비유적으로 하는 말이 아니다. 생각들이 뒤얽히면서 실제로 머릿속이 고속으로 돌아서 어지러웠고 구역질이 났다.

그것은 고등학교 이학년 봄철의 일이었다. 딱 꼬집어 어떤 계기로 죽음에 집착하게 되었는지는 말할 수 없다. 아무런 낌새도 없이 어느 날부터 내 속에 죽음에 대한 의문이 가로등처럼 켜져 있었고, 그걸 의식하게 되면서 나의 질문은 끝없이 이어졌으며 더불어 불안도 커져갔다.

그 사건은 네댓 달쯤 나를 괴롭힌 뒤 내 속에 잠복해 있었고, 대학 시절의 독서와 사색을 통해 어느 정도 극복이 되었다. 철학서와 더불어 다시 들여다본 천체에 대한 저서들이 나의 사고를 확장시켰고, 죽음에 대해 다소 초연해지게 해주었다. 우주의 눈으로 보면 '나'의 죽음에 집착하는 것은 사실상 '나'의 영속에 대한 욕구로서, 즉 우스꽝스러운 망상임을 알게 된 것이다.

나에게 큰 영감을 준 쇼펜하우어를 인용하자면, 우리의 삶은 현미경으로 봐야 할 만큼 작은 점에 불과함에도, 우리는 그 점을 시간과 공간이라는 강력한 렌즈로 확대하여 엄청나게 큰 것으로 착각하고 있을 뿐이다.

물론 죽음의 공포에 대한 그러한 방식의 대처는 관념적인 것이었다. 사실 죽음이란 관념적으로 대처할 수밖에 없는 문제이기도 하다. 죽음에 대한 공포를 어떻게 다르게 처리할 수 있겠는가. 우리는 육체의 차원에서는 절대로 죽음에 대한 불안한 질문을 해결할 수가 없다.

시인 폴 발레리의 말처럼 우리는 죽음에 등을 기대고 서 있는 존재들이다. 죽음은 결코 삶과 분리되어 있는 것이 아니다. 시간이 그렇게 보도록 만들 뿐이다. 우리는 시간을 순차적으로 겪을 수 밖에 없기 때문에 삶과 죽음이 한몸이라는 것을 좀체 깨닫지 못한다.

시간은 우리에게 생명을 준다. 그러나 생명을 주고 나서 바로 그 생명을 빼앗아가기 시작한다. 둘은 따로 있는 게 아니다. 하지만 우리가 머리로 그 사실을 인정하는 것만큼 몸도 그렇게 절감하기는 어렵다. 더구나 육체가 한창 제 기능을 다하고 있을 때는 더더욱 그렇다. 그러다가 노화와 질병이 찾아오면 우리가 살아온 세월이 동시에 죽어온 세월이었다는 것을 깨닫게 된다.

많은 철학자들과 문인들이 고대 로마의 시인이자 철학자인 루크레티우스와 같은 인식을 통해 한시적으로 살다가 반드시 죽어야 하는 존재로서의 인간 운명에 대한 허무와 두려움을 달래왔다. 즉, 우리가 태어나기 전에 어마어마한 세월이 있었음을 애석해하지 않을진대, 왜 우리의 죽음 뒤에 올 어마어마한 세월을 가지지 못함을 애통해해야 하는가, 라는 것이다.

논리적으로는 참으로 옳다. 이 또한 우리의 머리는 그렇게 스스로를 달랠 수 있고 그렇게 할 수 있음을 기뻐하겠지만, 우리의 몸 전체와 떨어질 수 없게 달라붙어 있는 우리의 마음은 충분히 위로받지 못한다.

자신이 소멸할 거라는 사실을 태연하게 받아들인다는 것은, 더구나 기쁘게 받아들인다는 것은 인간에게 불가능한 일이다. 식물이 싹트기 위해서는 씨앗이 죽어야 한다는 자연의 이치를 내세우면서 죽음에서 삶이 탄생한다는 말 따위로 고상하게 스스로를 위로해봤자 그다지 큰 소용이 없다.

나는 특정 종교적 믿음을 가진 사람들이 가까운 사람의 죽음이나 혹은 자신의 죽음에 대해 태연하고 기쁘게 받아들이는 것을 보지 못했다. 다음 세상을 그토록 믿으며, 또한 확신에 차서 남들에게도 함께 그 세계로 가자고 권유하는 사람들 역시 자신의 죽음을 두려워하고, 가까운 이들의 죽음 앞에서 슬퍼하고 애통해한다. 오직 광신도만이 행복해하면서 죽을 것이다.

죽음이 만병의 약이라거나, 견디기 어려운 슬픔도 치유해주는 위대한 의사라는 식의 재치 있는 격언은 우리를 잠시 웃게 할지언정 근본적인 위안은 되지 못한다. 죽음은 내 마음대로 사용할 수 있는 게 아니기 때문이다. 나의 아버지가 이 사실을 바로 자기 자신에 대해 예언적으로 말한 바 있다.

"아, 죽기도 힘들구나!"

오히려 위안이 되는 것은 라로슈푸코의 말처럼, 우리가 태양을 계속해서 쳐다볼 수 없듯이 죽음도 계속해서 쳐다볼 수 없다는 사실이다. 그렇지 않으면 우리는 견뎌내지 못할 것이다.

우리는 목숨을 부지하기 위해, 그리고 조금이라도 더 안락하고 만족스럽게 삶을 유지하기 위해 애를 많이 써야 한다. 우리는 다른 생명체를 잡아먹고 양분을 취해야 하는 유기체로서, 죽음만 걱정하고 가만히 있는다면 진짜로 죽어버리고 말 것이다. 우리는 외부에서의 유입이 없으면 멈춰버리는 분수 같은 존재들인 것이다. 그 때문에 우리는 어느 정도, 죽음을 다른 한편으로 제쳐놓을 수 있다.

죽음을 걱정하면서 뭘 생존에 그리 애를 쓰느냐고 묻는 것은 어리석어 보인다. 목숨을 지키고 유지하려는 것은 사유 이전의 원초적인 본능이고 의지다. 높은 빌딩에서 떨어져 죽으려고 그곳으로 오토바이를 타고 가는 남자가 왜 헬멧을 챙겨 쓰는지 이해되지 않는다면 그것은 인간을 모르는 것이다.

그런데 이제 늙고 병든 아버지에게는 그런 모든 언어와 관념들이 다 소용없게 돼버렸다. 육체와 더불어 정신도 죽기 시작했기 때문이다. 이것은 태양도 언젠가는 죽는다는 사실을 알고 깜짝 놀랐던 중학생 시절 이후 내 사유의 주요 테마 중 하나였던 관념으로서의 죽음과는 확연히 다른 것이다.

삶의 긴 여로에서 이제 마지막 단계에 들어선 아버지를 통해 드러난 죽음은 너무나 구체적이고 현실적이고 생생하고 직접적인 고통의 현장이다. 어떤 웅장한 사상으로도, 어떤 창의적인 관념으로도, 어떤 아름다운 문학적 표현으로도 그 슬프고 추한 몰락의 모습은 가려지지 않는다.

지금, 하나둘 별들이 뜨고 있다. 태양은 이미 오래전에 완전히 사라졌다. 지금쯤 기다란 육교 위에서 내려다보이는 기차역의 정경은 막 은하철도 999가 떠나간 쓸쓸한 우주정거장 같아 보일 것이다.

간병인이 계단을 내려서고 있는 게 보인다. 내가 반사적으로 일어서는데 그도 이쪽을 돌아본다. 이런 식으로 몇 번 작별을 했기 때문에 오늘도 내가 여기 있나 하고 보는 것이다. 나는 간병인에게 겅중겅중 뛰어간다.

단발머리에 하얀 셔츠를 입은 그 여자의 표정이 어둡다. 분명히 지쳐 있다. 아무래도 곧 그만둘 것만 같다. 그럼 또 사람을 구해야 할 테고, 새 간병인이 오기 전까지는 우리가 24시간 동안 아버지를 감당해야 한다. 그 예감만으로도 가슴이 갑갑해진다.

나는 아무 낌새도 채지 못한 듯 태연한 표정으로 아버지에 대해 알려줄 사항이 있느냐고 묻는다. 나의 과민한 감각 탓인지 모르지만, 그 사람은 일단 멈칫한 후에, 고개를 흔든다. 나는 서둘러 그럼 내일 아침에 뵙겠다고 떠밀듯이 인사를 한다. 그녀가 돌아선다. 모퉁이를 돌아 보이지 않게 될 때까지 그녀를 지켜본다.

---

* 미야자와 겐지, 「비에도 지지 않고」, 『봄과 아수라』, 고한범 옮김, 웅진닷컴, 1996.

관심과 존엄

태양의 계절, 여름이 저물어가고 있다. 아침에 눈을 뜨면 햇살이 창으로 폭포처럼 쏟아져들어와서 모든 것들을 가루로 만들어 풀풀 날려버릴 것 같지만, 이제 그는 짐을 꾸려 슬슬 떠나가고 있다.

나는 어서 가을이 오기를 그야말로 학수고대하면서 아침마다 천근같은 몸을 일으킨다. 내 마음은 그보다 더 무거우면 무겁지 덜하지 않다. 출구가 보이지 않는 터널 속으로 깊숙이 들어와 있는 것 같다. 되돌아나갈 수 없는 터널, 출구가 보이지 않지만 계속 앞으로 나아가야 하는 터널!

눈을 뜨면 소변을 보고 손을 씻은 뒤 안방으로 가서 아버지를 살핀다. 아버지는 잠을 자지도 않고 그렇다고 완전히 깨어 있지도 않은 경우가 많다. 자기만의 이상한 세계로 들어가 한없이 낯선 길을 걷고 있는 사람처럼 보인다.

샤워를 하고 억지로 한술 뜨고 나면 간병인이 온다. 그러면 나는 그 사람에게 간밤의 경과를 정리해서 들려준다. 전날 간병인이 퇴근할 때 하는 바통 주고받기가 재연된다. 소변팩을 몇 차례 갈았다든가, 아버지가 잠을 많이 잤다거나 혹은 거의 자지 않았다는 사실을 알려주는 것이다.

나는 밤의 시간을 대비하고, 나의 본업에서 손을 떼지 않기 위해 낮 시간에는 가능하면 간병인에게 모든 것을 맡기려고 애쓴다. 그러나 수시로 필요한 것을 사와야 하는 등, 할 일이 생긴다. 아버지에게 직접 소용되는 것들뿐만 아니라, 식료품과 수건, 비누와 세제, 빨래 건조대, 조리기구 같은 것들도 포함된다. 모든 것을 다른 사람에게 의존해야 하는 환자가 생겼을 뿐만 아니라 이 집에서 일상적으로 거하는 사람도 늘어났으니 모든 것이 그만큼 더 필요해진 것이다.

나는 정신적인 피로가 누적되어 있다. 스스로가 절실히 그것을 느낀다. 현재의 상황 자체도 힘들지만 앞날을 예측할 수 없다는 사실이 나를 더욱 힘들게 한다. 환자와 정상적인 소통이 되지 않기 때문에 갑갑함은 더욱 가중된다. 애초에 시력도 청력도 안 좋았는데 아버지는 이제 정신마저 그 기능이 떨어져버렸다.

어디론가 떠나서 푹 쉬고 싶다. 물론 지금 이곳의 상황을 깡그리 잊을 수 있어야 한다. 그렇지 않으면 몸만 딴 곳에 있을 뿐 마음은 여기에 묶여 그다지 잘 쉬지 못할 것이다.

이런 처지에 처하면 극히 사소한 것들도 큰 위안이 된다. 이것은 말할 것도 없이 우리 마음의 욕심이 줄어든 결과다. 평소에도 늘 이렇게 절반쯤 비운 마음을 유지할 수 있다면 우리는 대체로 만족감을 느끼고 행복하게 살 수 있을 것이다.

처음 의료용품점에 들어가 성인용 기저귀와 여타 필요한 것들을 예비로 구매할 때다. 사십대 중반의 여주인이 물건을 내주고는 그것들을 비닐봉지에 담는 나를 조심스레 살피는 기색이 들었다. 자기 가게에 처음 들렀으니 무슨 사연인지 궁금한가보구나 싶어 묻지 않았지만 말해줬다.

"아버지가 아프셔서요."

그러자 그 여자가 "아, 네" 하고 고개를 끄덕이며 동정의 빛이 담긴 눈으로 살짝 웃었다. 순간, 그 눈짓이 참으로 고맙게 다가왔다. 그것은 내 마음의 자동적인 반응이었다. 나를 전혀 모르는 그 사람이 내 어려운 처지를 걱정해주는 듯하니 고마웠던 것이다.

물론 그 여자는 장사를 하는 사람으로서 자기 가게의 새로운 고객인 내가 반갑기도 했을 것이다. 더구나 노인들의 병치레는 길게 끌기 마련이므로 오래도록 단골이 될지도 모르는 손님이 아닌가. 하지만 사실이 그렇다 하더라도 그 관심 어린 눈짓과 미소의 의미가 퇴색하는 것은 아니다.

한번은 이런 일도 있었다. 간병인이 없던 시기의 일이다. 벨이 울려서 나가보니 낯선 여자가 찾아왔다. 손에는 무엇을 들고 있었는데 추어탕이었다. 설명을 들어보니 누님 중 한 분과 여고 동창이라고 했다. 그 누님이 간병인을 구하느라고 여기저기 아는 사람들과 전화 통화를 하다가 연결된 모양이었다.

나는 그 아주머니가 우리를 위로해주려고 왔나보다고 짐작했다. 그래서 그분이 모 요양센터에 속해 일하고 있는 요양보호사라는 사실은 알지 못했다. 이때는 요양보호사와 장기요양보험 제도에 대해서도 잘 알지 못했다. 나는 그렇게 찾아와서 아버지의 손을 잡아주고 나에게 이런저런 조언을 해주는 게 고맙기만 해서 내 소설에 사인을 해 건네기까지 했다.

나중에야 나는 그 사람이 장차 아버지가 장기요양보험 급여 대상자로 선정되면 자기를 고용해주거나 자기네 요양센터를 이용해 달라고 일종의 홍보를 하러 왔다는 사실을 알게 되었다. 하지만 이 경우에도 그 사람의 친절이 빛을 잃지는 않았다.

본인의 일차적 의도가 무엇이었건 간에, 그런 작은 관심들은 힘든 상황에 빠진 사람들에게 큰 힘이 된다. 겉으로 표현된 친절과 미소의 배후에 설령 이해타산적인 계산이 있다고 하더라도 그렇다. 엄격히 따져보자면, 우리는 다른 생명체로부터 양분을 섭취해야만 자기를 유지할 수 있는 존재들이기 때문에, 순수한 관심이란 있을 수 없는 관념적인 허상이라고 봐야 할 것이다.

나는 오히려 인간의 마음이 얼마나 상대적인 것인지, 좀더 적극적으로 말해보자면 얼마나 나약하고 간사한 것인지에 대해 주목하고 싶다. 우리의 마음은 모든 일이 잘 풀릴 때면 극도로 욕심이 많아져 웬만해서는 만족할 줄 모르지만, 그 반대로 모든 것이 힘들어지면 아주 작은 일에도 감사하고 만족하게 된다.

고대 그리스의 철학자 에피쿠로스가 설파한 행복의 공식이 여기에 적용된다. 그는 행복이란 성취 나누기 욕망이라고 했다. 육체와 정신이 다 활기차며 관심을 기울여야 할 주변 상황 또한 걱정할 필요가 없을 때, 인간은 자신의 행복을 더 크게 키우기 위해 성취를 늘리려고 하지 결코 자신의 욕망을 줄이려고 하지 않는다. 그러나 내 삶의 조건이 힘들어지면 의도하지 않아도 욕망은 슬그머니 줄어들게 마련이다. 우리의 마음이란 것이 그런 녀석이다.

소변팩을 차고 있으니 아버지의 일상적인 고통 하나가 없어졌으며 더불어 아버지를 보살피는 우리들의 귀찮기 짝이 없는 일거리도 사라졌다. 수시로 요의를 느끼고, 소변통을 찾고, 힘들게 오줌을 누고, 곁에서 소변통을 대령하고, 소변을 버리고, 통을 씻어서 준비해놓는 일을 반복하지 않아도 되는 것이다.

부산의 병원에서 집으로 온 이후 성인용 기저귀를 권해봤으나 아버지는 받아들이지 않았다. 아버지는 누워 있다가 갑자기 요의를 느끼면 다급하게 소변통을 달라고 했다. 그러고는 힘겹게 일어나거나 일으켜달라고 해 앉은 채로 하의를 벗고 팬티를 내리고 소변통에 소변을 보려고 했다. 하지만 그 과정이라는 게 건강한 사람들처럼 쉽게 이루어지지 않았다. 그래서 모든 게 잘 준비되기 전에 소변이 일부 흘러버린다든가, 혹은 정작 탈없이 준비하지만 단 한 방울의 소변도 나오지 않은 경우가 빈번했다.

나는 이런 상태가 계속된다면 결국에는 사용하지 않을 수 없다고 판단해 수차례 기저귀 착용을 권해보았다. 손을 저으며 거부하는 아버지에게 부끄러워할 것도 없고, 슬퍼할 것도 없으며, 순전히 아버지 본인의 편의와 청결을 위한 것이라고 설득했으나 소용이 없었다.

나는 요양병원이라면 이런 경우 어떻게 할까 생각해보았다. 아마도 일정한 규칙을 정해놓고 그에 따라서 예외 없이 군대처럼 그 규칙을 적용할 것이다. 본인이 아무리 거부해도 예외가 허용되지 않을 것이다. 그러지 않으면 집단적인 운영 자체가 불가능해질 테니까.

이런 질문을 해본다. 만약 절대적으로 꼭 해야 하는 일이 아닌 경우, 즉 '이렇게' 하는 게 위생 의학적으로 정답이지만, 그 방식을 따르지 않는다고 위생 의학적으로 큰일이 나는 것은 아닌 경우, 과연 그 선택은 누가 결정해야 하는 것일까? 만약 환자 본인이 전자를 거부하고 후자를 원한다면?

여기서 주목해야 할 포인트가 있다. 고령의 노인 환자들은 회복돼 건강해져서 삶의 현장으로 되돌아갈 이들이 아니라는 사실이다. 건강을 되찾게 해 정상적인 삶의 현장으로 복귀시켜야 할 환자라면 당연히 환자의 위생과 건강에 더 도움이 되는 쪽으로 규율을 강제할 필요가 있을 것이다. 하지만 그런 희망이 사라진 노인에게도 그렇게 해야 하는 것일까? 가능한 한 그가 원하는 대로 해주는 것이 옳지 않을까?

이렇건 저렇건, 아버지의 요도로 들어가 방광에 뿌리를 내린 소변줄과 소변팩 때문에 우리는 소변통 걱정과 기저귀에 대한 복잡한 생각을 하지 않아도 된다.

하지만 새로운 걱정거리가 또하나 등장한다. 어느 날부터 항문에 변이 조금씩 비치기 시작한다. 이런 것은 뭐라고 해야 하나. 요실금이라는 말이 있으니 변실금이라고 해야 하나. 만성 변비로 인한 숙변 때문이 아닐까 싶어 수차례 변을 보게 하지만 아버지는 속시원하게 배변하지 못한다.

아버지는 자신의 몸이 그렇게 되어가는 데 대해 절망적인 반응을 보인다. 때로 소리의 크기는 작지만 듣는 나의 느낌으로는 통곡을 하는 듯한 신음 소리를 내면서 괴로워한다.

나도 절망적이긴 마찬가지다. 인간의 몸은 왜 전체가 어느 순간 한꺼번에 죽지 않고 이렇게 하나씩 부분적으로 망가지면서 고통을 겪다가 끝나는 것인가 말이다.

성장한 어른이 가지는 인간으로서의 존엄은 대소변을 스스로 통제하고 처리할 수 있다는 데서 시작하는지도 모른다. 플라톤이나 장자처럼 위대한 사상을 논한다 하더라도, 본인이 자기 대소변을 스스로 처리하지 못해 다른 사람의 도움을 받아야 한다면 어떻게 존엄을 느낄 수 있겠는가.

아버지는 정신이 더 혼미해지는 것 같다. 의식이 없어진다는 소리가 아니다. 환상 속으로 빠져드는 것 같다는 말이다. 그 모습이 퇴행적으로 보인다. 어린아이로 변해가는 것 같다. 그것은 견디기 어려운 상황을 극복하는 인간 정신의 본능적인 방법인지도 모른다. 물론 마이너스적인 방법이다.

상황이 상황이다보니 간병인이 곁에 있다는 것은 큰 힘이 된다.

사람에 따라서 전문성과 숙련도가 천차만별이지만, 환자를 일정 시간 전담하는 사람이 있어서 가족들이 한숨을 돌릴 수 있다는 것만으로도 위안이 되고 힘이 되는 것이다. 그런데 그런 역할을 하면서 우리 곁에 있던 그가 결국 견디지 못하고 떠나게 된다.

아버지에게 변실금 증세가 나타나고 며칠 뒤, 돌아갈 시간에 간병인이 나를 찾는다. 표정을 보고서 '그래, 이제 때가 왔구나' 하고 나는 직감한다. 역시 내 예상을 벗어나지 않는다.

"집에 문제가 생겨서 더이상 할 수가 없어요."

"네, 네."

나는 이렇게 대꾸할 뿐이다.

그녀는 힘들어서 떠나는 것이다. 이해한다. 그래도 약간 화가 나려고 해서 한마디해준다.

"미리 좀 얘기를 해주셨으면 좋았을 텐데요."

"죄송합니다."

붙잡을 수 없다. 그 사람이 떠나고 현관문이 닫힌다.

저 왕초보 간병인은 지옥에서 벗어났다고 느끼겠구나, 하는 생각이 든다. 그렇게 딱 부러지게는 아니더라도 어렴풋이 그렇게 느낄 것이다. 괴로운 악몽에서 깨어나 '아, 꿈이었구나!' 하고 안도할 때와 같은 그런 느낌 말이다.

지옥 운운하는 것이 불손한 느낌을 줄 것도 같다. 하지만 실제로 지옥의 느낌이 없지 않다. 이런 상태가 끝없이 지속된다면, 멀쩡한 정신으로 그 모든 것들을 겪으며 기약 없이 흘러가야 한다면 어떻겠는가? 선한 의지로 그런 일을 떠맡는다고 해서, 우리들 마음에서 본능적으로 일어나는 부정적인 반응까지 통제할 수 있는 것은 아니다. 그리고 그렇게 할 필요도 없다.

이런 생각을 해본다. 요즘은 컨설팅 천지인 세상이다. 온갖 분야에 컨설팅 전문가가 개입해 문제 해결을 도와주고 있다. 그런데 왜 환자에 대해서는, 특히 노인 환자에 대해서는 그렇게 해주는 곳이 없는 걸까? 종합병원이라는 데서도 그런 역할을 하고 있지는 않다.

이것은 요즘 유행하고 있는 상조회사들과는 크게 대조되는 현상이다. 그들은 부모님이 돌아가시면 당황하게 된다면서 미리 가입해 장례 절차를 맡겨달라고 온 세상에 대고 광고를 하고 있다. 실제로 당황하는 경우도 있긴 할 것이다. 하지만 요즘은 다들 종합병원에서 임종을 하고 그곳에는 대부분 장례식장이 있으므로, 사실 부모님이 돌아가신다고 자식들이 크게 당황할 일이란 없다. 아마 한꺼번에 들어가는 장례비를 분할해 낼 수 있다는 도움은 확실히 받을 수 있을 것이다.

내가 겪어본 바로는, 부모님과 그 자식에게 정말 필요한 도움은 장례 절차가 아니라 고령의 부모가 발병했을 때, 그 자식이 어떻게 대처해야 할지 종합적으로 컨설팅해주는 것이다.

생각해보라. 장례는 길어야 오 일이면 끝난다. 그러나 이제 막 발병한 노인의 경우엔 그 끝이 언제일지 아무도 모른다. 그럴 때 전문성을 갖춘 사람들이 나서서 종합적으로 안내해주는 시스템이 있으면 좋지 않겠는가. 환자가 자기 존엄을 마지막까지 지킬 수 있고, 또한 그 가족은 주어진 여건에서 가장 효율적인 길을 찾아낼 수 있도록 환자의 나이와 질병, 거동 가능 여부, 대소변 해결 능력, 보호자의 상황, 경제력, 거주 환경, 가족들이 원하는 바 등을 조사하고 취합해 가장 적합한 대응 방식을 제시해주는 것이다.

아마도 별도의 업체가 이런 일을 전담하기는 현실적으로 불가능할 것이다. 우선 큰돈이 안 될 게 뻔하기 때문이다. 장례식은 꽤 많은 돈을 필요로 하지만 이런 상담 업무는 다르다. 따라서 이런 일은 종합병원 수준의 의료기관에서 감당해주면 좋지 않을까 생각한다. 병원에서 주기적으로 진료를 받고 치료를 하되, 환자를 집에서 돌보고 싶어하는 가족을 위해서 적합한 프로그램을 정해주고 관리해주는 식이면 좋을 것이다.

물론, 나는 이것이 현실적으로 거의 쓸데없는 생각이라는 것을 잘 안다. 왜냐하면 우리 사회는 지금 대부분의 경우 노인이 병들어 스스로 삶을 유지하는 게 어려워지면 즉각 요양병원으로 보내버리기 때문이다. 가족들은 그곳의 시스템에 모든 것을 일임해버리고 관심을 떼버린다.

그러나 그처럼 삶의 마지막에 이르러 죽음을 앞둔 병든 노인에게서 그의 오래된 감정적 유대를 단번에 절단해버리는 이 방식은 참으로 만족스럽지 못할 뿐만 아니라 잔인한 짓이라는 것은 누구나 인정할 것이다. 현실적으로 어쩔 수 없어서, 다들 그렇게 하는 것이라고 해서, 그러한 방식이 가지고 있는 잔인함이 없어지는 것은 아니다.

간병, 그 만남과 헤어짐

새로운 간병인을 구하기 위해 사방으로 탐문하고 아는 사람 모르는 사람 다 동원해 도움을 요청한다. 이번에는 노련하고 숙련도가 높은 사람을 구하려고 애쓴다. 지난 경험을 통해, 비용을 좀더 부담하더라도 현실적으로 그 편이 더 이익이라고 판단한 것이다.

간병인을 교육하고 공급하는 업체에서는 집에서 간병일을 하려는 사람을 구하기가 어렵다는 반응을 보인다. 무엇보다도 요즘은 집에서 병든 노인을 모시는 경우가 거의 없기 때문에 이런 상황 자체에 대해서 간병인들이 부담을 느낄 수밖에 없다고 한다. 그들 대부분이 병든 노인들의 집합소인 요양병원을 자신들의 일터로 생각하는 게 현실이다.

어머니와 나는 힘겨운 하루하루를 보낸다. 아버지는 그저 환자인 것이 아니라 정상적인 소통이 불가능한 환자여서 우리의 애로와 고통은 더 클 수밖에 없다.

그러던 어느 날 아침, 현관벨이 울려서 문을 열자 한 손에 불룩한 가방을 든, 예순쯤 된 여인이 서 있다. 나는 "안녕하세요. 누구신지……" 하고 어색하게 첫인사를 건넨다.

이렇게 집으로 들어서는 간병인과 처음 대면하는 순간이면, 어릴 때 텔레비전에서 본 외국 영화들이 떠오른다. 어떤 영화였는지 제목도 배우도 전혀 기억하지 못하지만, 그 영화들에서는 어느 날 딩동 하고 현관벨이 울려서 문을 열면 그 집의 새 가정부가 문 앞에 서 있곤 했다. 어린 나는 그런 장면을 신기한 마술을 볼 때처럼 좋아했다. 아마도 그 새로운 가정부가 나타남으로써 뭔가 드라마틱하거나 감동적인 사건이 생긴다는 것을 짧은 영화 감상의 경험으로 알고 있어서 그랬을 것이다.

물론 고령의 환자가 발생한 집에 간병인이 등장하는 이 장면은 그때 본 영화들과는 전혀 다르다. 이렇게 간병인이 처음 집에 나타날 때면 나는 뭐라고 형용할 수 없는 기분을 맛보곤 했다. 그저 낯선 사람을 만날 때의 일반적인 어색함 같은 것은 비할 바가 아니다.

뭐라고 해야 정확할까. 간병에 전문성이 있는 사람이 도움을 주러 오는 것이니 한편으로는 안도하고 고마우면서도, 또 한편으로는 어쩐지 우리집과 가족이 낯선 사람에 의해 침해당하는 듯해 거북해진다고 할까. 분명히 환자는 우리 아버지인데 하늘에서 뚝 떨어진 것처럼 낯선 사람이 나타나 아버지의 옆자리를 차지하게 되니 말이다.

사실 장기적인 간병의 경우 간병인이 환자와 친밀감과 유대감을 이루지 못하면 서로가 불행해지고 어려워진다. 그래서 노련한 간병인이라면 최우선적으로 환자와 유대감을 형성하기 위해 노력할 것이다. 그 결과, 시간이 지나면서 환자는 가족들보다 간병인을 더 친밀하고 편하게 여길 수도 있다.

그렇지 않겠는가. 매일같이 곁을 거의 떠나지 않고 갓난아기를 돌보는 엄마처럼 자신을 챙겨주는 사람이니까. 만약 대소변을 스스로 처리하지 못하는 환자라면, 가족에게 자기 몸을 맡기는 것보다 모르는 사람인 간병인에게 맡기는 게 마음의 부담이 덜하기도 할 것이다.

환자의 가족은 그러한 과정에서 미묘한 심리적 아픔을 체험할 수 있다. 당연히 가족은 자신이 고용한 간병인이 환자와 잘 지내고 잘 보살펴주기를 바란다. 그런데 간병인이 유능하게 잘하면 잘할수록 환자는 점점 더 간병인에게 의존하게 된다. 결과적으로 가족의 입장에서는 환자와 자신들 간의 감정적 유대와 교류는 점점 줄어드는 반면, 환자와 간병인과의 교류와 유대가 깊어져가는 것을 지켜보아야 하는 것이다.

이런 가상을 해보면 이해가 쉬울 것이다. 치매에 걸린 아내 혹은 남편을 둔 배우자가 있다고 해보자. 요양병원에 입원한 아내 혹은 남편은 처음엔 배우자를 그리워하며 찾는다. 하지만 시간이 흐르면서 자신을 점점 잊어가는 반면, 거기서 새로 만나 친해진 어떤 남자 혹은 여자와는 점점 더 친밀한 사이가 되어간다면? 그 과정을 지켜보는 아내 혹은 남편의 심정은 어떻겠는가.

새로운 간병인은 24시간을 근무하게 된다. 그러니까 우리집에서 함께 먹고 자며 살게 되는 것이다. 환자를 챙길 뿐 아니라 아예 기본적인 가사까지도 그 사람이 챙기기로 한다. 환자와 외부인이 한 집에 기거하게 된 이 상황을 고령의 어머니가 이전처럼 감당할 수 없기 때문에 어차피 가사도우미의 도움을 받아야 하는데, 그 일까지 간병인이 모두 하게 된 것이다.

다른 한편으로 가정집에서 환자를 돌볼 경우 어디까지가 간병인의 책임이고, 어디서부터 가족과 가사도우미의 책임인지 엄격하게 분간하기 어렵다는 문제도 있다. 그래서 아예 모든 일을 간병인의 책임하에 두면 피차 더 편할 수 있는데, 간병인 자신도 그런 방식을 적극적으로 희망했다.

그러나 이렇게 하려면 우선 몇 가지 점이 충족되어야 한다. 첫째로 간병인이 그만큼 탁월한 능력이 있어야 하고, 둘째로 가족들이 꽤 부담스러운 대가를 지불해야 하며, 셋째로 타인이 한집에 24시간 함께 있게 됨으로써 발생할 정신적 부담을 환자의 가족들이 기꺼이 감당할 마음이 있어야 한다.

세번째 문제는 프라이버시와 관계된 것이다. 아무런 감정적 유대도 없던 사람이 갑자기 나타나 24시간 함께 기거하게 되면, 사적으로 보호받아야 할 것들이 죄다 공개돼버린 듯한 느낌이 들 수밖에 없는 것이다.

그래서 나는 잠정적이라는 전제하에 이 방식을 채택하기로 한다. 불안정하기 짝이 없는 아버지의 상태가 안정기로 접어들고, 우리가 아버지에 대해 충분히 적응이 되면 다시 하루 중에 일정 시간만 간병인의 도움을 받는 쪽으로 전환할 것이다.

나는 불안한 마음으로 며칠을 지켜본다. 다행스럽게도 간병인은 힘이 좋고 일을 잘한다. 간병 경력이 길다더니 아버지에게도 능숙하게 잘한다. 이전의 그 초보 간병인과는 확연히 다르다. 짬이 날 때마다 재빨리 부족한 잠을 보충하는 능력도 탁월하다. 그래서 나는 아버지를 돌보는 일의 부담으로부터 조금 놓여나 다소 한숨을 돌릴 수 있게 된다.

한번은 짬을 내어 사적인 얘기를 해본다.

"어떤 계기로 간병일을 하게 되었어요?"

내가 특별한 답을 상상하거나 기대하며 이렇게 물어본 것은 아니다. 뭔가 근사한 대답이 나올 거라고는 전혀 기대하지 않았다. 그런 기대야말로 낭만적인 환상이다.

물론 간병인에 따라서는, 자신이 아플 때 간병인에게 큰 도움을 받은 체험이라든가, 혹은 아직 어린아이였을 때 아픈 어머니를 긴 세월 돌봐준 간병인에게 큰 감동을 받았다든가 하는 그런 개인적인 사연이 있을 수도 있다. 하지만 간병과 관계된 그런 개인적 체험이 있다고 해서 그 사람이 다른 모든 가능한 직업을 제쳐두고 간병인으로 나서지는 않을 것이다.

현재 우리나라의 간병인들은 거의 대부분 여성들인데, 십대나 이십대 여성이 자신의 장래희망으로 간병인을 그리는 경우는 없을 것이라고 나는 생각한다. 아마 거의 모든 간병인들이 대단히 현실적인 이유 때문에, 즉 편하게 말해서 돈을 벌기 위해 이 일을 시작하게 되었을 것이다.

어떤 숭고한 뜻을 실천하기 위해 간병인이 되려는 사람은 상상하기 어렵다. 간병일은 매우 괴롭고 힘들지만 그 대가나 사회적 평가는 시원찮은데다, 여성에게는 3D업종의 하나라고 해도 좋을 정도로 힘겨운 노동이기 때문이다. 아마 다른 더 좋은 일을 할 기회가 있다면, 누구도 애초에 이 길로 들어서지 않을 것이다.

이런 말에 오해가 없었으면 좋겠다. 나는 간병을 하게 된 계기가 무엇이건 간에, 누군가를 대신해 병든 환자를 돌보는 일에는 본질적으로 숭고한 면이 있다고 생각한다. 순전히 돈을 벌기 위해 이 일을 한다고 작정한 사람이라고 해도 그렇다는 얘기다. 아무리 쏠쏠한 대가를 준다고 해도 긴 세월 남의 똥오줌을 치워주겠다고 나서는 사람은 많지 않을 것이다.

우리 사회는 지난 수십 년 사이에 급격히 고령 사회로 진입하고 있다. 고령의 노인들이 급증하고 있다는 것은 고령의 노인 환자들이 급증하고 있다는 말과 같다.

그렇다보니 이들을 위한 이른바 요양 관련 시설도 늘어나고 있고, 더불어 간병인의 수도 급증하고 있다. 국회 상임위에서 복지부 장관이 답변한 바에 따르면 2013년 6월 현재 간병인은 4만 5천 명으로 추정되고 있다. 일 년이 지난 현재는 아마 이보다 훨씬 더 많을 것이다.

이들 간병인은 거의 대부분 요양시설에서 일하고 있는데, 노동 환경과 처우가 매우 열악한 편이다. 기본급여 자체가 낮은데다 감당해야 할 노동량이 매우 과한 게 일반적이다. 그들은 개인 자격으로 간병일을 할 수 없다. 대부분 가정집이 아니라 요양병원에서 일하기 때문에 그럴 수밖에 없는 현실이기도 하다. 정부 인가를 받은 업체에서 제대로 교육하고 관리하는 것은 당연한 일이다. 문제는 그렇다보니 간병인들의 수입이 또 한번 줄어들게 된다는 것이다. 더구나 이들은 부당해고를 당하는 등, 노동자로서의 기본 권리를 보장받지 못하는 경우도 허다하다. 간병 '노동자'로서 제대로 인정받지 못하고, 이른바 노동 인권의 사각지대에 처해 있는 경우가 많은 것이다.

나 자신부터도 아버지가 아프기 전까지는 이런 문제에 제대로 관심을 갖지 못했다. 아마 대부분의 사람들이 그럴 것이다. 사람들은 자기 부모의 마지막 인생을 남에게 맡기면서도 그 양상을 섬세하게 살펴보지 않는다. 요양병원에서 알아서 잘해주려니 하고 만다. 자기 자신에게도 똑같은 상황이 닥치는 데 그리 긴 세월이 필요한 게 아니라는 걸 실감하지 못한다.

나의 판단이지만, 고령화에 대한 제도적 대응이 느리고 충분치 못할뿐더러 사람들의 이해도 부족하고 공감도도 낮아 보인다. 제도는 고령화의 흐름을 겨우 뒤따라가며 느리게 대응하고 있고, 사람들의 인식과 감정상의 적응은 더 느리게 진행되고 있는 것이다.

요양병원은 결코 만능이 아니다. 그곳은 신통력이 있는 마법의

성이 아니다. 힘든 줄 모르고, 상처받을 줄도 모르고, 남의 대소변을 거북해하지도 않는 로봇들이 병수발을 하는 게 아니다. 우리와 꼭 같은 생각과 감정을 가진 간병인들이 우리를 대신해서 환자를 씻기고, 밥을 먹이고, 대소변을 처리하고 있다.

미안한 말이지만 요양병원 운영자들 중에는 순전히 돈벌이를 위해 이 일을 하고 있는 사업가들도 분명히 있을 것이다. 그들이 힘없는 노동자인 간병인들을 어떻게 대우하고 부릴지 우려하지 않을 수 없으며, 그곳에 수용된 노인들이 얼마나 자존감을 지키고 고마움을 느끼며 인생을 마감하게 될지도 걱정하지 않을 수 없다.

병원에 입원했을 때부터 계산하면 우리는 아버지가 돌아가시기까지 여덟 명의 간병인에게 도움을 받았다. 모두 간병업체를 통해 소개받은 분들로, 사십대 중반부터 육십대 초반까지의 여성들이었다.

우리는 아버지의 병치레 전반기에 일곱 명의 간병인에게 도움을 받았으며, 아버지가 안정 상태에 접어든 후반기 동안은 요양보호사 한 사람이 우리와 함께했다. 그들은 각각 숙련도도 환자를 대하는 자세도 달랐으며, 성격과 교양 정도와 인간 됨됨이도 다 달랐다. 그렇지만 그들이 간병을 잘했느냐 아니냐 하는 식으로 평가하기는 힘든 것이, 그들이 우리를 찾았을 때 아버지의 상태가 다 달랐기 때문이다.

그러나 의문의 여지 없이 비난받아 마땅한 사람도 있었다. 그 사람은 딱 하룻밤을 자고 달아나버렸다. 달아났다는 말은 전혀 과한 표현이 아니다. 그 사람은 아버지와 같은 환자를 견뎌낼 수 있는 내면을 갖추고 있지 못했다.

간병인에게 과도한 정성을 일방적으로 요구할 수는 없지만, 병들어 괴로워하는 이를 돌보는 일을 하겠다는 사람이라면 고통받는 환자와 그 가족에 대해 최소한의 연민은 가지고 있어야 한다. 그것이 현저히 결여되어 있을 때 간병은 누군가에게 닥친 고난을 이용해 실익을 챙기기만 하는 저급한 일로 전락하고 만다.

하룻밤을 보낸 후 그 사람은 뚱한 얼굴로 이렇게 말했다.

"이런 케이스인 줄 몰랐어요. 죄송하지만 다른 사람을 구해보세요."

그가 말한 이런 케이스라는 게 뭘 뜻하는지 물어보지 않았다. 쉬운 환자를 원하는 것이다. 아버지처럼 고령이고, 남자인데다 체격까지 크고, 수차례 도구를 이용해 소변을 빼줘야 하며, 비몽사몽간에 횡설수설하는 환자는 그에게 버거운 것이다.

만나고 헤어지고 하면서 그들과 오랜 세월 함께하다보니, 나날이 차곡차곡 쌓여가는 험하고 슬픈 체험들이 그들의 내면 깊숙한 곳에 상처를 만들지 않을까 걱정되었다. 이 문제를 그들과 자세히 얘기해보지는 않았지만 순간순간 그들의 얼굴에서 깊은 피로를 읽을 수 있었다. 그것은 육체의 피로가 아니었다. 분명 언젠가는 이른바 트라우마로 나타날 그런 상처의 그림자였다.

어머니가 아주 편안해했던 분이 있다. 내 눈에도 성격이 아주 섬세하고 여려 보이는 사람이었다. 아버지에게도 무척 잘했는데, 아버지가 내는 신음 소리에 큰 고통을 받는 듯했다. 그 사람은 거처를 포항에서 서울로 옮기느라 우리를 떠나면서 이런 말을 했다.

"아버님의 이후 소식에 대해서는 연락해주시지 않아도 됩니다."

무슨 뜻인지 언뜻 이해가 되지 않았다. 내가 눈에만 의문을 담아 쳐다보자 그 사람이 다시 말했다.

"그런 소식을 들으면 마음이 아파서요."

그제야 무슨 뜻인지 알 수 있었다. 자신이 돌보던 환자가 임종했다는 소식을 전해 듣고 싶지 않다는 얘기였다.

그 사람의 이 말만으로도 그들이 정신적으로 얼마나 큰 충격을 받고 있는지 알 수 있다. 강철같이 튼튼한 사람이 아닌 이상, 밤낮으로 찬바람을 맞으면 감기를 달고 살 수밖에 없는 것과 마찬가지로, 밤낮으로 환자와 함께하는 사람은 아마도 앞서 언급한 바 있는 대리 외상을 일상적으로 겪고 있을지도 모른다.

다수의 간병인을 고용하고 있는 요양병원이나, 혹은 많은 간병인 회원을 데리고 필요한 곳에 공급하는 업체에서, 그들을 위한 치유 프로그램을 제공해주면 좋겠지만 현실이 어떨지는 상상이 되고도 남을 것이다. 안타까운 일이지만 아직은 아예 이런 생각 자체를 해본 적 없는 최고관리자가 더 많지 않을까 싶다.

"어떤 계기로 간병일을 하게 되었어요?"

앞서 내가 이렇게 물어보았다는 그 간병인 얘기로 돌아가자면, 그분은 이렇게 대답했다.

"일을 오래할 수 있지 않을까 생각했어요."

아주 현실적인 대답이었다. 그게 나쁘지 않았다. 솔직한 대답이 오히려 마음에 들었다. 젊어서 시작해 나이가 들어서도 계속할 수 있는 게 간병일이라는 얘기였다.

그런데 그 사람의 문제는 일을 척척 잘 처리해내는 반면, 섬세함이 부족해 거칠고 소통에 서툴러서 독단적인 면이 있다는 것이었다. 그래서 처음부터 우리와 갈등이 생기기 시작했지만, 상황이 상황인지라 꾹 참고 견디는 수밖에 달리 방법이 없었다.

그 상황이 기이하기만 했다. 어머니가 계시지만 본인 역시 도움을 받아야 할 고령이라 당면 상황을 주도할 수가 없었다. 그런데 예순쯤 된 낯선 여자가 하나 들어와 집안일을 자기 마음대로 하는 게 아닌가.

나는 적절한 때를 보다가 그 사람 입에서 조심성 없는 거친 말이 튀어나온 순간에 정식으로 주의를 주었다. 말을 함부로 하지 말고 조심할 것과 집안일을 독단적으로 처리하지 말 것, 그리고 아버지의 간병 문제도 중요도에 따라서는 우리들에게 사전에 알리고 상의해야 한다는 것 등이었다.

아마 요양병원에서라면 중간관리자쯤 되는 사람으로부터 갖은 잔소리를 들을망정, 환자의 보호자로부터 그런 지적을 받는 일은 없을 것이다. 그래서 그렇게 말하는 중에도, 이러다가 기분이 상해서 그만두겠다고 하면 어쩌나 하는 조바심이 생겼다. 한집에 함께 있으면 이렇게 심리적으로 뒤틀리게 되니 스트레스가 가중될 수밖에 없다.

다행히 현실적으로 우리는 수요자와 공급자의 입장에서 피차 서로를 필요로 하는 사이였다. 아버지의 간병에 도움을 줄 수 있는 전문적인 숙련자가 우리에게 절실히 필요했던 것처럼, 그 사람에게는 제법 되는 월수입을 벌어야 한다는 현실적인 필요가 있었다.

세상의 많은 일들은 수요공급의 법칙에 따라 진행된다. 필요는 많은데 충족이 잘 안 되면, 그 일을 할 수 있는 사람의 값어치는 상승하기 마련이다. 현실적으로 가정집에서 환자를 돌보려는 간병인은 드물다. 그러니 내가 고용주이면서도 부당한 처신에 대해 어느 정도는 눈감아줄 수밖에 없다.

하지만 그것만이 문제는 아니다. 설령 가족과 아주 만족스럽게 화합해 잘 지낸다고 하더라도 극히 현실적인 또다른 문제가 하나 있다. 매달 간병인에게 지불해야 하는 어마어마한 비용이 그것인데, 아무리 일을 잘한다고 하더라도 무턱대고 계속 그렇게 돈을 쓸 수는 없는 일이 아니겠는가.

어느 날 서로의 필요 때문에 우리가 만났던 것처럼, 또 어느 날 서로의 필요 때문에 우리는 헤어질 수밖에 없다.

어떤 이유 때문이건 간에 만나고 헤어지는 일은 삶의 기본 원리다. 우리는 어느 날 태어나 이 세상과 만나고, 또 어느 날 죽어서 이 세상과 헤어진다. 그 무엇이 이보다 더 자명할까!

다시 한밤중의 춤

간병인이 우리집에서 먹고 자며 아버지를 돌보는 24시간 근무 체제가 안정 상태로 접어들었다. 나는 그 기회를 이용해 서울에 가서 볼일을 보고 오는데, 그러고서 얼마 뒤에 다시 한번 폭풍우가 몰아친다.

한밤중의 일이다. 소란스러운 소리에 어렴풋이 잠이 깬다. 몇시인지는 알 수가 없다. 방문을 두드리며 간병인이 나를 부르고 있다.

"아저씨! 아저씨!"

뭔가 일이 터졌구나 하는 생각에 마음이 돌처럼 무거워진다. 몸을 일으켜 튀듯이 안방으로 가니 아버지가 도뇨 카테터에 대해 분개하고 있다. 자신의 성기에 왜 그런 것을 꽂아놓은 거냐고 눈을 부릅뜨고 화를 내고 있다. 그 장치 덕분에 한동안 본인도 간병인도 우리도 편하게 지냈는데 왜 뒤늦게 난리인지 알 수가 없다.

가만히 보니 아버지는 요도 폐색으로 구급차에 실려 응급실에 간 것과 병원에서 그렇게 처치해놓았다는 사실을 전혀 기억하지 못하고 있다.

아버지는 내 이름을 크게 부르며 내가 그렇게 해놓은 게 아니냐고 소리친다. 그 장치를 대단히 모욕적인 일로 받아들이고 있는 듯하다. 성기라는 말도 입에 올린다. 왜 자신의 성기에 그런 것을 달아놓았느냐고 외친다.

내가 여차저차하다고 아무리 설명해도 소용없다. 도무지 내 말을 들으려고 하지 않는다. 무턱대고 빨리 제거하라고 난리를 친다. 그러다가 급기야 소변팩을 잡고 방바닥에 내리친다. 팩이 터지고 소변이 사방으로 흘러 퍼진다. 화가 치밀면서 내 머리도 터지려고 한다.

"도대체 왜 이러세요?"

나는 크게 외친다. 물론 바보 같은 짓이다. 아버지는 비정상적인 상태에서 자신이 무슨 행동을 하는지도 모르고 그렇게 하는 것이다. 그러니 거기에 대고 왜 그러느냐고 화를 내봐야 아무런 소용이 없다.

아버지는 벌떡 일어나려다 고꾸라진다. 자신이 더이상 두 다리로 일어설 수 없다는 것도 잊은 것이다.

"밖으로 나가야겠다."

"어딜 간다는 거예요, 대체?"

"뛰어내려서 죽는 게 낫겠다."

그 말이 절망적으로 가슴을 친다.

아버지는 무릎과 두 손으로 엉금엉금 기어서 방 밖으로 나가려고 한다. 아버지가 아프기 시작한 이후 가장 혼란스럽고 거친 모습이다. 도대체 뭘 어떻게 해야 할지 갈피를 잡을 수가 없다. 전쟁이 나도 이보다 더 혼란스럽고 정신이 없어질까 싶다.

이런 상황이 되니 간병과 관련해서는 매사에 잘난 척하고 독단적이기까지 하던 간병인도 몸을 사린다. 그는 두려워하면서 노골적으로 뒤로 빠진다. 그리고 명백한 태도로 나에게 주도권을 넘기면서 내가 어떤 조처를 취하고 자신에게 뭔가 지시를 내려주길 바라는 눈치다.

그래, 뭔가 판단을 하고 결정을 내리고 조처를 취해야 한다. 그런데 어떻게?

나는 일단 아버지를 이 상태로 더이상 방치할 수는 없다고 판단

한다. 안 그래도 이미 절망적인 상황인데, 이렇게 함부로 움직이다가 어딘가 부러지기라도 하면 진짜 최악의 상황이 될 것이다. 이래서 요양병원에서 때로 완력을 쓰고, 진정제를 투여하는 것일까?

어쩔 수가 없다. 나는 물리력으로 아버지를 제압하기로 결정한다. 이 난동으로 해서 이차적인 피해가 발생하지 않게 하기 위해서다. 나는 아버지의 등뒤로부터 가슴 쪽으로 팔을 둘러서 두 손을 깍지 낀 다음, 간병인에게 두 다리를 당기게 해 아버지가 바닥에 엎어지게 한다. 그런 다음 아버지의 두 팔을 뒤로 돌려 더이상 앞으로 나아가지 못하게 만든다.

그런데 그 과정이 전혀 쉽지가 않다. 저항하는 아버지의 힘이 너무나 세서 나는 깜짝 놀란다. 내가 힘이 부칠 정도다. 아버지가 빠져나오려고 발버둥을 치기 때문에 간병인과 내가 다리와 팔을 붙잡은 채로 계속 버티기가 어렵다. 어쩔 수 없이 두 손과 발을 각각 수건으로 묶을 수밖에 없다.

도대체 아버지는 왜 이렇게 힘이 세진 것일까? 기이한 것은 엄청나게 세진 힘과 더불어 형편없던 청력도 갑자기 좋아졌다는 것이다. 귀에 대고 성량을 조절해가며 반복해서 얘기해줘야 겨우 말을 알아듣던 분이 지금은 간병인과 어머니와 내가 일상적인 수준으로 주고받는 말을 모두 바로바로 알아듣고 있다.

의학적으로는 이런 현상을 어떻게 이해하고 설명하는지 모르겠지만, 추정컨대 뇌가 이상 작동을 일으킨 탓일 것이다. 뇌에 어떤 물질이 과도하게 분비된 것이다. 그것이 비정상적으로 심한 조증을 일으켜 근육의 힘을 비롯한 모든 기능이 항진됐을 것이다. 아버지의 얼굴 자체가 정상적인 사람처럼 보이지 않는다. 눈빛에 광기가 어려 있고 눈썹이 빳빳해 보이는 걸 비롯해 표정 전체가 비정상적이다.

아버지는 차후 정신과에서 처방받은 약을 복용하고 흥분이 가라앉게 되자 극도로 상기되었던 표정도 안정되고 팔다리 힘과 청력도 원래 상태로 돌아왔다.

나는 팔다리를 묶은 아버지를 엎어뜨린 상태로 십 분 이상 붙잡고 있는다. 그사이 간병인에게 터진 소변팩을 해결하게 한다. 터진 부분을 테이프로 붙여 응급 복구를 하는 것이다. 카테터를 빼내지 않는 한 소변팩을 없앨 수는 없다. 그걸 없애버리면 소변이 방바닥으로 계속 흘러내릴 것이다.

그동안 아버지는 나를 보고 갖은 험한 소리를 늘어놓으며 못된 놈이라고 맹렬하게 비난한다. 병원에서 오밤중에 자신이 흘린 변을 치울 때는 미안해하고 고마워하더니, 이제는 황당무계하게 분노를 터뜨리며 비난을 퍼붓고 있다.

이게 무슨 일인가. 모든 게 꿈만 같다. 내가 정말 뭘 잘못한 것인지 생각하게 된다. 미처 헤아리지 못한 게 있는지, 정말로 뭔가 잘못 처리한 게 있는지……

물론 이것은 착오적인 반성이다. 내가 이런 일에 경험이 없고, 아버지가 정상을 현저히 벗어난 정신과적 발병 상태라는 것을 분명하게 인식하지 못한 결과다.

나는 다음날 정신과 의사와 상담을 하고서야, 부산의 병원에 입원했을 때 처음 감지했던, 뭔가 잘못된 게 아닌가 하는 느낌의 실체를 정확히 알게 된다. 이때 '섬망'이라는 말과 그 개념이 내 머리에 또렷이 입력된다.

무엇인가를 안다는 것은, 이런 식으로 이름을 붙이고 개념화하는 것이다. 그래야 대상과 사태를 이해할 수 있고 대처 방안을 구할 수 있다. 그전에는 그저 납득이 되지 않는 기이한 상황 속에서 헤매게 될 뿐이다. 인생 만사가 그런 게 아닌가 싶다.

힘이 빠진 아버지가 풀어달라고 한다. 나는 아버지에게 얌전하게 있겠다는 약속을 하라고 다짐을 준다. 아버지는 처음엔 건성으로 그러겠다고 하며 화를 내더니, 내가 응하지 않고 냉정하게 버티자 조금씩 기가 꺾인다. 나는 수차례 더 다짐을 받아놓고서야 묶었던 팔다리를 풀고 아버지를 똑바로 눕힌다.

용을 쓰느라 힘이 빠진 아버지는 달리기라도 하고 난 사람처럼 숨을 헐떡인다. 그러면서도 나를 비난하는 말을 계속 웅얼웅얼 쏟아내더니 이윽고 잠이 든다.

전쟁과 같은 밤이 지나고 꿈속 같은 날이 밝는다. 나는 병원에 전화해 예약을 하고 시간이 되기를 기다렸다가 택시를 탄다. 아버지를 데려갈 수 없기 때문에 나 혼자서 가는 것이다. 그런데 택시가 아파트 단지를 막 벗어나는 순간 전화벨이 울려서 받으니 간병인의 다급한 목소리가 쏟아져나온다.

"아저씨, 아저씨. 할아버지가 면도칼을 꺼내서……"

긴 한숨을 내뿜으며 기사에게 돌아가자고 한다. 기다려달라고 하고 급히 올라가니 아닌 게 아니라 아버지가 평소 아침마다 면도할 때 쓰던 면도칼을 꺼내 들고 화가 나서 떠들고 있다. 잠든 동안 가라앉았던 한밤의 그 괴상한 광기가 다시 준동하기 시작한 것이다. 아버지는 어서 소변줄을 빼내주지 않으면 잘라버리겠다고 한다.

도뇨 카테터의 삽입 부분은 마치 구기자 열매처럼 길쭉한 타원 모양으로 되어 있다(물론 실제 구기자 열매보다는 작다). 당긴다고 쉽게 쑥 빠지는 게 아니다. 넣을 때도 그렇지만 빼려고 잡아당기면 방광과 요도 등에 압박이 가해진다. 그래서 이 도구를 처음 장착한 사람이라면 단번에 쑥 빼버리기는 어렵다. 겁이 나기 때문이다.

나는 아버지와 한참 실랑이를 한다. 이것 때문에 소변을 볼 수 있다고, 이것을 제거하면 소변이 나오지 않아서 방광이 터질 수도 있다고 얘기하지만 전혀 소용이 없다. 도통 말이 통하지 않아 결국에 나는 병원에 가서 카테터를 제거해달라고 요구하고 올 테니 그때까지만 기다리라고 아버지를 겨우 달랜다.

나는 간병인에게 안방에서 가위 같은 위험한 것들을 모두 모아 딴 곳으로 치우라고 얘기하고 다시 집을 나선다.

그사이에 택시는 가버리고 없다. 속으로 욕을 해주고 새로 택시를 불러 타고 병원으로 달려간다. 택시는 전쟁을 치르고 있는 나를 싣고 평소와 다름없는 속도로 평소와 다름없는 일상의 풍경 속을 태연히 지나간다.

소나무 정원이 아름다운 병원의 본관 앞에서 택시를 내린다.

마음이 급하다. 계단을 서너 개씩 걸어올라간다. 비뇨기과는 삼층에 있다. 옛날 건물과 신관이 붙어 있어서 복도가 헷갈리게 연결되어 있다. 간호사에게 환자 이름을 말하고 초조하게 기다리다가 의사와 대면하고 사정을 설명하니 상식적인 대답이 돌아온다.

"환자가 카테터를 거부하면 제거하는 수밖에 없지요."

"그런 다음에는요?"

"요도 폐색이 개선되지 않는 한, 힘드시겠지만 필요할 때마다 소변을 빼주는 수밖에 없습니다."

그렇다면 하루에 한 대여섯 번씩 그 일을 해야 할 텐데 암담한 짐이 또하나 추가되었다.

의사는 소변줄을 넣었다 뺐다 하면 염증이 생길 확률이 높아지니 각별히 청결해야 한다고 강조하면서, 진료실 옆에 있는 처치실에서 소변 빼내는 방법을 배워 가라고 한다. 그러면서 만약에 대비해 염증 방지를 위한 항생제를 처방해준다.

그렇게 자기 일을 완료한 의사는 당장 아버지에게 정신과 진료를 받게 하는 게 좋겠다고 권한다.

나는 뜻밖의 말에 놀란다. 사실 나는 아버지가 소변줄에 그처럼 강력한 거부감을 보이니 뭔가 다른 해결책을 요청하러 간 것이지, 정신과적 진단과 처방을 생각한 것은 아니었다.

'아버지의 정신에 문제가 생긴 것이로구나!'

나는 그제야 번쩍하고 그쪽 방면으로 생각이 미친다. 그러자 그간에 있었던 아버지의 이상야릇한 행동과 말이 모두 이해되기 시작한다. 왜 그동안 이쪽 방면으로는 전혀 생각하지 못했던 것일까?

비뇨기과 의사는 고맙게도 자신의 간호사에게 즉시 정신과에 접수를 지시한다. 덕분에 나는 일층의 접수대로 갈 필요 없이 바로 정신과로 가면 된다. 게다가 또 한번 고맙게도 정신과는 비뇨기과가 있는 삼층의 같은 통로에 있다.

나는 정신과 데스크에서 간호사가 내주는 종이에 필요한 정보를 적고 다른 사람들과 함께 의자에 앉아서 차례를 기다린다. 이윽고 아버지의 이름이 불리고 진료실 안으로 들어선다. 상황을 설명하자 의사의 입에서 즉시 '섬망'이라는 단어가 흘러나온다.

"전형적인 섬망 증세입니다. 치매처럼 보이지만 치매와는 다른 질환입니다. 우리가 흔히 치매라고 하는 것은 알츠하이머인데, 이것은 천천히 조금씩 악화되어가지 아버님처럼 멀쩡하던 분이 어느 날부터 갑자기 난동을 부리는 식으로 발병하지 않습니다. 혈관성 치매의 경우는 급작스러울 수도 있습니다만, 정황으로 볼 때 아버님의 경우는 전형적인 섬망 증세입니다."

이어진 설명 끝에 내가 묻는다.

"치료가 되나요?"

"약을 하나 처방해드리겠습니다. 일단 흥분 상태를 가라앉혀야 하니까 이 약을 드시게 하고 경과를 보지요."

나는 모니터를 주시하며 자판을 두드리는 의사를 멍하니 바라본다. 매일 대여섯 번씩 도구를 이용해 소변을 빼내야 한다는 '선고'를 받고 암담해진 가슴에 또 한 겹의 짙은 먹구름이 몰려든다. 섬망이라고?

치료가 되느냐는 내 물음에 대한 의사의 대답을 뒤늦게 따져본다. 그의 대답은 긍정도 부정도 아니다. 치료가 된다는 말도 아니고 안 된다는 말도 아니다. 만약 치료가 되지 않는다면 뇌 손상과 무관하다는 이 '섬망'이라는 병증이, 뇌 손상으로 인한 정신질환이라는 알츠하이머와 다른 게 무엇일까?

나는 일층에서 계산을 하고 병원 안에 있는 약국으로 가면서 처방전을 들여다본다. 단일 약품 15밀리그램과 하루 1회 복용이라고 명기되어 있다. 이 콩알만한 하얀 알약에 아버지와 우리의 운명이 걸려 있는 듯해 자못 심란하기만 하다.

잠시 앞으로 돌아가자면, 그 급박한 와중에도 웃음이 나오는 해프닝이 있었다. 정신과 접수대에서 간호사의 요구에 따라 작성한 쪽지가 문제였다. 그 쪽지는 환자 본인에 대한 몇 가지 인적사항을 스스로 적게 되어 있었다. 나는 아버지의 나이와 결혼 유무, 자식 유무, 자식의 결혼 유무 따위를 적어 냈다.

그리고 아버지 이름이 불리고 나는 대기실 의자에서 일어섰다. 그런데 문을 열고 들어서니 나와 눈이 마주친 의사가 눈에 띄게 당황하며 자신이 받은 쪽지와 나를 번갈아 바라보았다. 그는 얼굴까지 조금 붉어졌다. 파마머리를 하고 사십대 중반쯤 되어 보이는 그 남자의 미소 띤 얼굴은 당혹감으로 어색하게 경직되어갔다.

"제가 아니고 아버님 때문에 왔습니다."

순간적으로 상황을 간파한 내가 의자에 앉으면서 이렇게 말하자 그제야 그의 얼굴이 활짝 폈다.

보통 환자가 스스로 작성하는 그 쪽지에는 분명 여든여덟 살에다 손자들까지 있다고 되어 있는데 도저히 그럴 만한 사람이 아닌 내가 등장하니 놀랐던 것이다. 나는 웃음이 터져나오려 했지만 웃을 상황이 아닌지라 살짝 미소를 짓기만 했다. 사실 내가 환자 본인이 아니라는 정보는 간호사가 의사에게 미리 전달해야 하는 것일 텐데, 약간 뚱해 보이는 그 사람이 자기 역할을 못한 것이었다.

이후 나는 그 정신과 의사를 주기적으로 만났다. 처음에는 처방약을 복용한 아버지의 경과를 섬세하게 지켜볼 필요가 있기 때문에 일주일 간격으로, 아버지를 병원으로 데려가면서부터는 보름마다, 그후 아버지가 안정된 다음에는 삼십 일 간격으로 그를 만났다. 대체로 편안하고 만족스러운 시간이었던 같다.

진료실의 책장에는 문학작품과 인문학 서적이 제법 꽂혀 있었다. 그래서 어느 날 그 방면의 독서를 좋아하느냐고 물었더니 그가 이렇게 대답했다.

"전시용입니다."

그런 다음 우리는 함께 웃었다.

아마 그렇지 않을 것이다. 대부분 정신과 의사들의 진료실 책장에 그런 책이 꽂혀 있지는 않다는 것을 나는 잘 알고 있다. 나는 내 책 한 권에 사인을 해 선사했고, 그는 감사를 표하며 기쁘게 받아주었다. 아쉽게도 그는 후일 다른 도시의 병원으로 떠났다. 알코올의존증 환자를 전문적으로 치료하는 병원으로 옮긴다고 했다.

나는 비뇨기과 처치실에서 도구를 이용해 소변 빼내는 방법을 배운다. 그런 다음 약봉지를 들고 집으로 와서는 곧바로 정신과에서 처방해준 약을 아버지에게 먹이려고 하지만 말을 듣지 않는다. 그래서 비뇨기과에서 배운 대로 도뇨 카테터를 제거해 만족감을 채워준 다음, 좋은 방식은 아니지만 어쩔 수 없이 약을 빻아 우유에 타서 먹인다.

약을 먹이고 서너 시간이 지나자 아버지의 흥분 상태가 서서히 가라앉기 시작한다. 신기할 정도다. 그리고 며칠이 지나자 아버지의 흥분은 거의 가라앉고 약간 화가 나 있는 수준으로 축소된다. 우리는 그것만으로도 깊은 좌절감에서 벗어날 수 있게 된다. 나는 매번 내가 챙기던 약을 간병인에게 넘기고 손을 뗀다.

그런데 며칠 뒤 새벽에 아버지가 다시 거칠어지려고 한다. 절망감이 엄습한다. 약의 효능에 한계가 온 것인가 하는 생각에 좌절하지 않을 수가 없다. 혹시나 하고 약봉지를 살펴보니 약의 개수에 이상이 있다. 무슨 영문인가 따져보니, 이 씩씩하지만 섬세하지 못한 간병인이 다른 약과 착오를 일으켜 정신과 약을 제대로 먹이지 않은 사실이 밝혀진다.

분노가 치민 나는 정신 차리라고 호통을 치고는 약을 준비해 아버지에게 간다. 그러나 아버지는 또다시 그 약을 먹지 않으려고 한다. 또 우유에 탈까 생각하다가 아버지의 배가 불러 있는 것을 주목한다. 소변을 빼야 할 때가 된 것이다.

나는 아버지에게 소변을 빼주겠다고 제안한다. 그러자 처음엔 거부하더니 한번 봐준다는 태도로 할 테면 하라고 한다. 간병인이 아니라 내가 직접 소변을 빼내자 아버지의 상기되었던 표정이 다소 가라앉는다. 나는 그 틈을 이용해, 소변을 빼줬으니 내 부탁도 하나 들어달라고, 이 약을 드시라고 아버지에게 말한다. 아버지의 내면에 있을 부채감을 건드려 일종의 거래를 시도한 것이다.

"그래야 공평하지 않겠어요, 아버지?"

그러자 아버지는 입을 닫고 가만히 있더니 짜증을 내면서 이렇게 말한다.

"이리 줘!"

나는 핏줄이 나무뿌리처럼 구불구불 불거져 있는 아버지의 손을 잡아 뒤집어서 손바닥에 흰색 알약을 올려준다. 그리고 물컵을 건네자 아버지가 약을 먹는다. 그로부터 몇 시간이 지나자 다행히도 아버지의 흥분이 다시 가라앉기 시작한다.

내 방 책상 앞에 앉아 열린 창으로 하얀 햇살과 푸른 하늘을 본다. 온통 몽롱하다. 한참을 멍하니 있던 나는 아버지의 '섬망'에 대해서, 그리고 의사가 처방해준 작은 알약의 효능에 대해서 생각한다.

노곤한 허무감이 밀려온다. 작은 알약 하나가 사람의 정신을 이렇게 저렇게 바꿔버릴 수 있다면, 개개인의 정신 활동에 대해 독립성이니 주체성이니 하고 떠드는 것이 참으로 우스꽝스러워지지 않겠는가 말이다!

다른 얘기인데, 약에 대해서 조사를 조금 해보니, 그때 아버지에게 처방된 것은 과도한 조증을 치료하는 약물이었다. 뇌의 특정 부위 활동을 강력하게 억압하는 그 생화학 요법은 거칠고, 안절부절못하고, 환상에 빠지는 등의 증상은 완화시켜주었지만, 대신 아버지를 얼이 빠진 것처럼 멍한 인간으로 만들어놓았다.

그런 상태는 아버지가 더이상 난폭해지지 않아서 약을 줄여가며 개선되긴 했다. 그러나 아버지는 아프기 전처럼 완전히 명료한 정신으로는 돌아오지 못했다. 아마 그것은 약물과 무관하게 아버지가 발병을 하고 받은 정신적 육체적 충격과, 발병 이후 더해진 세월이 가져온 자연스러운 노화의 결과였을지도 모르겠다. 그렇게 보는 것이 더 합리적인 것으로 생각된다.

그러나 그와 같은 처방이 섬망에 대한 최상의 치료책인지 약간의 의문이 있기는 하다. 의학적으로 검증된 어떤 좋은 치료 방법이 있는지도 모르겠다. 다른 정신과적 질환들과는 달리 섬망에 대해서는 공인된 확실한 치료제가 없는 게 아닌가 싶기도 하다. 그렇다면 아버지는 그 약의 도움으로 어쨌든 광분 상태를 벗어날 수 있었으니 그나마 운이 좋았던 게 아닌가 싶기도 하다.

그런데 문제는 아버지의 섬망이 흥분하고 거칠어지는 증세 하나로 끝이 아니라는 데 있었다. 아버지의 과도한 조증이 가라앉고 일정 시기가 지나자 병원에 입원해 있을 때 밤마다 내던 그 신음 소리가 다시 등장했다. 잠잘 때를 빼면 거의 대부분의 시간에 마치 곡을 하듯 "아야! 아야!" 하고 반복해 읊어댔다.

밤낮이 바뀐 아버지는 낮에는 조용히 자고, 깨어 있는 밤이 되면 "아야! 아야!" 하고 곡을 하듯이 반복했다. 밤에 문간방에 문을 닫고 누워 있으면 안방에서 아버지가 내는 그 소리가 또렷이 들려올 정도로 컸다. 하루종일 그 소리를 듣고 있으면 어떤 순간에는 그야말로 미칠 것 같았고, 절망적인 분노가 치밀었다.

"도대체 왜 그러세요?"

내가 짜증을 참지 못하고 큰 소리로 물어도 아버지는 아무런 대답을 하지 않을 때가 많았다.

몇 차례 정신과 의사가 아버지와 집요하게 대화를 시도한 적이 있었다. 그는 아버지 옆으로 자리를 옮겨 앉아서 내가 얘기해준 저 "아야! 아야!" 소리에 대해 어떤 대답을 유도하려고 애썼다.

하지만 아버지는 신통하게도 의사 앞에서는 그 소리를 내지 않았다. 그러다가 아주 희미한 "아야! 아야!" 소리가 아버지의 입에서 흘러나오다 멎었다. 그 소리를 들은 의사가 재빨리 "방금 하신 그 소리는 왜 내신 거죠?" 하고 물었다. 그러나 아버지는 대답하지 않았다. 오히려 자신은 아무 소리도 내지 않았다는 반응을 보였다.

아버지는 민간 구급차에 타 있을 때나 의사와 대면할 때는 아무런 소리도 내지 않았다. 그리고 잠깐씩 잠이 들 때도 아무런 소리를 내지 않았다. 그러나 깨어 있을 때는 빈번하게 "아야! 아야!" 소리를 냈다. 관찰해본 바로는 의도적으로 그러는 것 같지는 않았다. 무슨 이유인지 모르지만 아버지의 입에서 그 소리가 자동기계처럼 흘러나왔다.

일 년 이상이 흘러 아버지의 상태가 많이 좋아졌을 때, 나는 아버지가 그 사실을 자각하도록 애써보았다. 그러자 아버지는 자신이 그런 소리를 냈다는 것을 알아차렸고 인정하기도 했다. 그러나 왜 그런 소리를 냈느냐는 질문에 대해서는 잘 대답하지 못했다.

"나도 내가 왜 그러는지 모르겠다."

아버지는 이렇게 대답했다.

그 순간 어떤 생각 하나가 내 머리를 때렸다. 우리가 이렇게 저렇게 행하는 말과 마음 씀과 행위 들 중에서 과연 우리는 우리가 왜 그러는지 얼마나 알고서 그렇게 하는 것일까? 삶의 매 현장이 인생 공부의 도장이다.

아버지가 줄기차게 신음 소리를 내고 있던 시기에, 치매에 대한 의심이 다시 고개를 들었다. 나는 아버지를 민간 구급차에 태워 병원에 데리고 가서 수차례 진료를 받았다. 그때는 비뇨기과와 내과도 들렀지만 사실 그곳에서는 처방전을 받는 것 외에 특별히 할 일이 없었다.

나는 정신과 의사에게, 같은 소리를 반복적으로 해대는 것이 치매 증세 중 하나가 아닌지 물으면서 그 방면으로 세밀하게 진료해 달라고 부탁했다. 그러나 의사는 아버지와 수차례 대화를 시도하고 진찰한 끝에 치매가 아니라는 결론을 내렸다.

아버지의 신음 소리는 일정 부분 섬망 증세의 연장이었던 것 같다. 조증을 가라앉히는 그 약으로 인해 흥분하고 거칠어지는 증세는 없어졌지만, 섬망 환자에게 나타날 수 있는 증세는 그것 하나만이 아닌 것이다.

그런데 흥미로운 것은 곁에 있는 사람들을 질리게 하는 아버지의 이 짜증스러운 증세가 정신과에서 처방해준 또다른 약을 복용하면서 서서히 줄어들었다는 사실이다. 아버지가 추가로 복용한 그 약은 뇌혈류 개선을 위해 광범위하게 처방되는 극히 평범한 약이었다.

좀더 지나자 아버지는 가끔씩 마치 어떤 감탄사를 발하듯 그 소리를 내고는 스스로 멈추곤 했다. 그럴 때 보면, "아야! 아야!"라는 신음 소리가 유아처럼 보호받고 싶어하는 무의식적 욕구에 기인한 게 아닐까 싶었다. 그렇게 아기처럼 보호받고 싶어하는 퇴행 심리는 누구에게나 있는 것이다. 죽음을 눈앞에 둔 고령의 병든 노인이야 더 말할 필요도 없을 것이다.

개인적 체험

내 인내심을 테스트하는 듯한 하루하루가 흘러간다. 늙은 육체와 질병과 죽음의 그림자, 그리고 마음을 헤집는 신음 소리가 일상이 된 하루가 가혹하게 반복된다. 무엇보다도 매일 대여섯 번씩 소변을 빼내야 하는 게 참으로 고역이다.

소변 배출 작업은 다음과 같이 진행된다.

먼저 환자의 사타구니에 소변통을 놓는다. 그리고 환자 곁에 깨끗한 수건을 펴고 필요한 도구를 하나씩 준비한다. 소독액이 든 긴 원형통에 잠겨 있는 도뇨 카테터를 꺼내고 원형통은 소독액이 흐르지 않게 장롱 손잡이 같은 데 걸어둔다. 위생장갑을 낀다. 소독솜을 두 개 꺼내서 준비해둔다. 도뇨 카테터에 윤활제를 골고루 바른다. 소독솜으로 요도 입구를 잘 닦아 소독한다. 한 손으로 성기를 잡고 위로 살짝 잡아당기듯이 하며 반듯하게 세운다. 도뇨 카테터를 요도로 넣어서 적당한 속도와 세기로 방광까지 밀고 들어간다.

도뇨 카테터는 실리콘 같은 것으로 만든, 부드럽게 휘어지는 대롱이다. 한쪽 끝부분은 (앞서 구기자 모양이라고 한 바 있는데) 물방울처럼 불룩하게 부풀어 있다. 그걸 요도를 통해 방광까지 넣는다. 전립선 비대로 압박을 받아 요도가 오그라져 있기 때문에 저항 없이 들어갈 리가 없다. 그래서 어느 순간 걸리는 느낌이 드는데 이때 겁을 내고 주저하면 대롱이 구부러져 잘 들어가지 않는다. 그러면 환자의 불편도 더 커진다. 적당한 속도로 머뭇대지 않고 단번에 안쪽까지 쭉 밀어넣어야 한다. 그래야 환자도 고통이 덜하다. 아프지 않게 하겠다고 엉덩이에 주삿바늘을 천천히 찌르면 더 아프다는 사실을 견줘보면 이해가 될 것이다.

도뇨 카테터의 반대편 끝은 조그만 나팔처럼 벌어져 있고, 거기를 통해 용기에 소변을 받는다. 소변이 다 나오고 나면 먼저 소변통을 넘어지지 않게 안전한 곳으로 치운다. 그리고 도뇨 카테터를 넣을 때처럼 부드럽게 하되 이번에도 겁내지 말고 한 번에 쭉 빼낸다. 그것을 펼쳐진 수건 위에 내려놓고, 미리 준비해둔 또하나의 소독솜으로 요도 주변을 잘 닦는다.

그것으로 소변 배출 작업은 끝난다. 이어서 뒤처리를 해야 한다. 먼저 소변통을 치우고, 위생장갑과 소독솜 따위의 쓰레기를 처리한다. 도뇨 카테터의 안팎을 잘 씻어서 소독액이 담긴 원통 속에 집어넣고 뚜껑을 닫는다. 소독액은 주기적으로 교체해줘야 하며, 사용한 마른 수건은 빨아서 잘 말리고, 소독솜과 깨끗한 수건이 떨어지지 않도록 유의해야 한다.

그렇게 반복해서 하다보니 나는 소변 빼기에 어느 정도 도통하게 되었다. 그런데, 이러한 종류의 도통은 내 인생의 어디에 어떻게 써먹을 수 있는 것일까?

벤치에 앉아 하늘을 보며 오에 겐자부로의 소설 『개인적인 체험』을 생각한다. 오래전에 읽은 작품이라 스토리의 세부는 희미하게 사라지고, 치명적인 고난이 닥쳐 방황하는 젊은 남자 버드의 행로만이 추상적인 모습으로 기억에 남아 있다.

그는 왜 방황하는가? 아이가 태어났는데 머리에 치명적인 이상이 있어서다. 살려야 하나, 죽게 내버려둬야 하나? 살리자니 그후에 감당해야 할 일이 암담하고, 죽게 내버려두자니 그 또한 가슴이 찢어져 붕괴해버리지 않을까 싶을 정도로 고통스럽다.

아이가 태어나면서 그의 현실은 완전히 바뀌어버렸다. 그는 아이에 대한 책임감에서 벗어나려고 술과 옛 여자에게 집착하면서 강도 높은 방황의 어지러운 행로를 그려간다. 그러면서 마치 연옥의 불길에서 단련되어 나온 사람처럼 결국 그 거부하고 싶었던 비극을 껴안고 화해에 이르게 된다.

그런데 오에 겐자부로는 왜 '개인적인 체험'이라고 제목을 달았을까? 젊은 시절, 처음 이 작품을 접했을 때 제목을 보고 내 머리는 복잡해졌다. 개인적인 체험? 개인적이지 않은 체험도 있나? 집단적인 체험이 있을까? 데모 군중의 체험은 집단적인가? 집단체조를 하고 있는 사람들은?

모든 체험은 개인적인 것이다. 집단이 체험을 할 수는 없다. 마치 인간이라는 추상적 개념이 인생을 살 수 없는 것과 같다. 인생은 아무개라는 구체적 인간이 개별적으로 살아가는 개인적 경험이다. 그러니 오에의 제목은, 버드의 그 개인적 체험이 그야말로 지극히 사적인 체험으로 그쳐버릴 수도 있다는 데 대한 두려움의 반어적인 표현일지도 모르겠다.

인간은 의미를 부여하는 동물이다. 극심한 고통과 고뇌를 겪는다고 해도, 그를 통해 보편성의 감정과 인식을 가질 수 있으면 견뎌낼 힘도 생겨난다. 인간은 의미 부여가 되면 목까지 똥통 속에 잠겨서도 계속 살아갈 생각을 하지만, 의미 부여가 되지 않으면 궁전의 안락한 침대 위에 누워서도 목숨을 끊을 궁리를 하게 되는 존재다.

병든 아버지 옆에서 동행하는 나의 내면은 팽팽한 풍선과 같다. 이 풍선 속에는 분노, 슬픔, 연민, 좌절, 죄책감, 훗날 내가 겪게 될 마지막날들에 대한 상상적 불안, 그리고 아무리 건강하게 장수하더라도 종내에는 이런 식으로 육체와 정신이 허물어지면서 마감되게 마련인 인생이라는 것이 궁극적으로 무슨 의미가 있을까 하는 회의와, 어떤 일이 있어도 이 모든 상황을 회피하지 않고 끝까지 감당해보겠다는 의지 등등이 고밀도로 가득차 있다.

총체적으로 보자면, 나는 아버지의 마지막날들에 함께하는 이 동행에 큰 의미를 부여하고 있고, 나 자신의 그런 의미 부여를 확고하게 신뢰하고 있다. 그래서 나의 육체적 정신적 고통은 견딜 만한 것이 된다. 그러나 정작 아버지 자신은 육체적 정신적으로 고통을 겪기만 할 뿐, 맑은 정신으로 지금 자신과 주변의 상황을 제대로 인지하고 느끼지를 못하니 그 사실이 참으로 안타까운 것이다.

가만히 보니 아버지는 인생의 마무리와 죽음에 대해 거의 준비해둔 게 없어 보인다. 나는 그 점에 대해서도 안타까움을 느낀다. 수차 언급한 바 있지만, 발병하기 전에 아버지는 정상적으로 생활했다. 하지만 자기 인생을 마감하는 일에 대해 뭔가 준비를 해둬야 한다는 생각은 구체적으로 하지 못한 것 같다. 해방 전에 태어나

고난의 현대사를 함께해온 우리의 부모 세대들이 다 이런 게 아닌가 싶다.

인생의 마지막을 준비한다는 것은 별다른 게 아니다. 다가올 죽음으로 인한 생의 마감을 앞두고 자기 인생을 결산해둬야 한다는 얘기다. 집안의 현실적인 문제들을 정리해 자식들에게 미리 얘기해놓거나 혹은 문서로 남겨서, 자신의 건강 상태가 매우 나빠지거나 혹은 사망하게 되면 그에 따라 뒷일을 처리하게 하는 것이다. 동시에 그런 현실적인 것들뿐만 아니라, 정신적인 측면으로도 자기 인생을 돌아보고 정리해 의미를 부여하고, 자신의 뒤에 남게 될 배우자와 자식들에게 어떤 메시지를 줄 수 있다면 본인에게도 가족에게도 최상일 것이다.

그리고 최종적으로는 누구의 도움도 없이 혼자서 대면해야 하는 죽음 그 자체에 대해서도 내면적으로 준비해야 한다. 이 준비에 특별한 방법이 있는 것은 아니다. 신앙을 가진 경우를 제외하고 말하자면, 이따금 죽음에 대해 고요히 생각해보는 것이 유일한 방법이다. 마치 운동으로 우리 육체를 관리하는 것처럼, 죽음에 대해 지속적이고 주기적으로 명상을 해본다면 우리는 마음의 안정을 얻을 수 있을 것이다.

생각해보면 인생의 모든 것이 개인적인 체험이다. 시간적인 차원에서 보아도 그렇다. 세상의 모든 일은 저마다 처음으로 겪는 개인적인 체험인 것이다. 같은 강물에 두 번 발을 담그는 것은 불가능하다고 고대 그리스의 철학자 헤라클레이토스는 말했다.

그렇다면 극히 실용적인 일들은 어떨까? 나는 그것도 마찬가지라고 말하고 싶다. 그렇게 생각하는 것이 이 지루한 일상에 파묻혀 질식하지 않는 방법일 것이다. 매일 세 번씩 먹는 밥을 생각해보라. 거의 비슷한 반찬에 비슷한 순서와 분위기, 그리고 내 혀가 느끼는 비슷한 맛이 반복된다. 그러나 비슷하다고 같은 것은 아니다. 같은 강물이 아니다. 같은 음식이 아니다. 매 식사가 이전에 없었고 이후에도 없을 사건이다.

아버지가 아프기 전에 나는 장기요양보험이라는 게 있다는 사실도 제대로 알지 못했다. 그러다가 아주 절실한 현실적 필요에 의해 관심을 가지고 따져보며 배웠다. 이 또한 얼마나 개인적인 첫 체험인가!

장기요양보험이란 거동이 불편해 혼자서 일상생활을 해내는 데 어려움을 겪는 이를 도와주는 제도다. 국민건강보험 가입자가 그 대상인데, 소득과 상관없이 65세 이상 노인은 물론, 치매와 파킨슨병 같은 노인성 질환을 앓는 65세 미만도 해당된다. 그동안 가족에게만 지워진 노인 부양의 짐을 사회가 함께한다는 뜻에서 2008년 7월부터 시행해오고 있다.

요양 등급은 셋으로 나뉜다.

1등급: 종일 이부자리에서 생활해야 하는 이.

2등급: 대부분 이부자리에서 생활하며 휠체어로 이동 가능한 이.

3등급: 부분적으로 타인의 도움이 필요한 이.

이 세 등급 중 3등급에 해당하는 이들은 집으로 방문하는 요양보호사의 도움을 받는 것만 가능하고, 2등급부터는 요양시설을 이용할 수 있다. 이용자는 비용의 15~20퍼센트를 부담하면 된다.

나는 아버지가 병원에 입원해 고열을 다스리고 귀가한 얼마 뒤 보험공단에 장기요양보험에 대해 문의했다. 그때 돌아온 대답은 환자가 발병한 그 즉시 신청하면 등급 판정을 받기가 어려우니 일정 시일이 지나고 신청하라는 권고였다. 담당자가 해준 설명으로는, 지금 막 발병한 그 질병이 의학적으로 고쳐지고 나면 환자가 다시 정상적으로 생활할 수도 있기 때문이라고 했다.

그 뜻이 이해는 되었지만 현실적 상황을 섬세하게 반영하지 못한 잘못된 정책이라고 생각했다. 특히나 아버지 같은 초고령 환자의 경우에는 전혀 해당되지 않는 말이었다.

사람마다 차이는 있겠지만, 팔십대 중반을 넘겨 발병하고 그로 인해 거동이 힘들어진 노인이 수개월 내에 그 상황을 이겨내고 스스로 일상생활을 불편 없이 영위할 수 있을 만큼 회복하는 경우가 얼마나 되겠는가. 아마 거의 대부분 발병이 시발점이 되어 점점 하강하는 행로를 걷게 될 것이다.

따라서 초고령 노인의 경우, 죽음을 향해 기울기 시작하는 바로 그 초입이 본인에게도 가족에게도 가장 어렵고 고통스러운 시기다. 이때야말로 경험 많은 전문 간병인의 도움이 절실하다. 그런데 바로 그 처음 수개월 동안의 혼란이 지나가고 안정기에 들어가서야 도움을 받을 수 있다니 참으로 이상한 제도가 아닌가 말이다.

나는 어쩔 수 없이 그들의 충고대로 수개월이 지나고 나서 신청했으며, 그로부터 한 달쯤 뒤에 두 사람이 방문해 아버지를 심사했다. 정신 상태가 어떤지, 다리를 움직일 수 있는지 등이 심사 항목이었다. 그리고 그로부터 또 얼마 뒤에 3등급 판정을 받았다. 3등급은 세 시간 정도의 재가급여, 즉 요양보호사의 가정 방문 서비스를 받을 수 있다.

여기서 또하나의 문제가 확인된다. 우리는 아버지가 발병한 후로 24시간 간병인을 썼고, 이후엔 12시간 간병인을 거의 일 년 이상 이용했다. 그런데 이러한 상황에서라면 하루 세 시간 요양보호사가 방문해 아버지를 돌보는 것이 무슨 도움이 되겠는가. 당연히 이것으로는 감당이 안 되기 때문에, 우리는 3등급 판정을 받은 뒤에도 계속 개인적으로 간병인을 고용할 수밖에 없었다.

실제로 우리가 장기요양보험 서비스를 이용하기 시작한 것은 아버지가 병석에 든 지 일 년 육 개월여가 지나서부터다. 그러니까 하루 세 시간 정도만 간병인의 도움을 받고 나머지 시간은 우리가 알아서 감당하는 것이 가능해지고 나서부터인데, 결국 정작 가장 힘들었던 초반에는 이 좋은 제도가 전혀 도움이 되지 않았다는 얘기가 된다.

당시 요양 등급은 일 년마다 갱신되었다. 아버지는 3등급을 두 번 받고 그다음에 2등급을 받았다. 2등급은 가정 방문 서비스뿐만 아니라, 요양시설까지 이용할 수 있다. 환자와 가족이 요양시설 이용을 원해 어떤 시설 업체와 계약을 하면 그곳에서 환자를 수용해 준다.

여기서 또다른 문제가 확인된다. 2등급을 받았다 해도 집에서 서비스 받기를 원할 경우에는 여전히 세 시간 남짓밖에 제공되지 않는다는 것이다. 비용 측면에서 보면 요양시설에서 환자를 감당하는 것이 훨씬 클 것이다. 하지만 그 수준의 서비스가 가정 방문의 경우에는 그대로 적용되지 않는다. 왜 그렇게 기준을 정해놓았는지 알 수가 없다.

어쨌든 내 판단으로 보면 아버지는 처음부터 1등급에 해당되는 환자였다.

시간이 흐른다. 가을이 익어간다. 시간은 우리를 기다려주지 않는다. 기차는 때로 정시에 떠나지 않고 멈춰 있기도 하지만, 흐르는 시간에게 멈춤은 없다. 그에 따라 계절이 변하고, 산과 들의 식물도 변하고, 인간의 생체 리듬도 변한다.

나는 십수 년 전부터 흥미로운 경험을 해오고 있다. 내 나이가 나이인지라 어느 해부터인가 휴대전화 문자메시지로 부고가 날아오기 시작했다. 고등학교 동창회에서 일괄적으로 보내는 것이었다. 대부분은 알지 못하는 누군가의 아버지나 어머니 혹은 장인 장모의 상사喪事에 대한 안내였다.

그런데 신통하게도 부고는 이른바 환절기에 집중적으로 날아왔다. 병든 노인들이 힘들어할 만한 한겨울과 한여름에는 부고가 거의 없다가, 겨울이 지나고 봄이 오기 시작하면 그때부터 부고도 날아들기 시작했다. 그러다가 봄이 무르익으면 소식이 끊기고, 뜨거운 여름이 와도 거의 무소식이다가 시원한 가을로 들어가기 시작하면 기다렸다는 듯 부고가 날아들기 시작했다.

시간이 흐르고 계절이 바뀌면 우리 몸도 거기에 적응해 자신을 조절할 것이다. 그 과정은 너무나 자연스럽게 이루어지기 때문에 우리는 그것을 느낄 수조차 없다. 하지만 늙고 병든 몸에게 계절의 변화는 공포일 수도 있다. 여름이나 겨울에 적응하며 맞춰놓은 몸의 체제를 변화시키는 것이 더이상 간단하지 않기 때문이다. 이것은 순전히 비전문가의 상상이지만, 그래서 많은 노인들이 환절기에 사망에 이르는 것이 아닐까 싶다.

돌이켜보면 지난여름은 지독한 지진과 쓰나미의 연속이었다. 그 결과 삶의 모든 것들이 익숙한 대륙에서 뚝 떨어져나와 낯선 섬처럼 돼버렸다. 아버지의 모습도 그렇지만, 더불어 나의 시간과 환경도 섬처럼 떨어져나와버렸다. 이 세월은 극한 체험이 일상적으로 주어지는 장기 레이스 같은 것이다. 쇠를 단련하듯 의지를 다지지만, 마음에 피어오르는 울적한 감정들은 어쩔 수 없다.

그런데 나의 이 개인적인 어두운 감정들을 가만히 바라보고 있으면, 이 잡다한 감정들은 어느 순간 그보다 훨씬 큰, 아니 견줄 수 없을 정도로 거대한 공허 속으로 순간순간 사라져버린다. 당연한 일이다. 생명은 거대하고 영원할 수 있지만 '나'라는 인간의 시간은 티끌이기 때문이다. 그러면 나는 마음이 공허해지는 한편으로 현실을 초탈한 듯한 평화를 느끼기도 한다.

나는 아버지의 마지막날들을 함께하는 이 특수한 여행에서, 흔히 생로병사라고 말하는 인간과 인생과 생명체의 보편성을 느끼고 읽으려고 애쓴다.

물론 아버지와 나는 함께 동일한 체험을 하고 있는 게 결코 아니다. 우리는 저마다 자기 자신을 체험할 수 있을 뿐이다. 우리가 보편성 자체를 체험할 수는 없다. 우리는 지극히 개별적이고 특수한 자기 자신의 삶을 살고 체험할 수 있을 뿐이다. 그러나 바로 그러한 방식으로 우리는 보편성을 맛보고 공유하게 될 것이다.

인생의 종착역

아버지가 병석에 든 후부터 나는 우리 주위에 요양병원이 엄청나게 많다는 사실을 알고 놀랐다. 갑자기 많아진 게 아니다. 이미 오래전부터 그야말로 우후죽순처럼 생겨난 것이다. 그런데도 내 눈에는 보이지 않았다. 나의 관심과 필요에서 멀었기 때문이다. 그런데 이제는 가는 곳마다, 눈을 돌리는 곳마다 요양병원 천지다.

어디선가 읽은 글이 생각난다. 전당포에 대한 얘기다. 돈이 떨어져 처음으로 전당포를 찾아 나선 경험을 고백하면서 필자는 물건을 들고 길을 나서 보니 왜 그렇게 전당포들이 많은지 깜짝 놀랐다고 했다. 전당포 간판들은 눈에 잘 띄지 않는다. 구석진 곳에 볼품없는 모양새로 붙어 있기 십상이다. 그래서 필요가 없는 사람들의 눈에는 잘 안 보인다. 그러나 절박한 사람들의 눈에는 정반대가 된다.

나는 아버지의 병치레가 장기화될 경우를 대비해 여러 가지 가능성을 따져보곤 했다. 아버지가 집에서 생을 마감하게 되기를 바라지만 그럴 수 없는 상황이 도래할 수도 있는 것이다. 예컨대, 혼수상태가 된다든가 하면 어떻게 할 것인가?

그런 문제에 대한 준비의 하나로 노인전문병원을 찾는다. 택시를 타면 집에서 십 분쯤 걸린다. 신호등과 다른 차에 막히지 않고 쭉 달려간다면 아마 삼 분쯤이면 되지 않을까 싶다. 이곳은 일반병원이지만 운영 실태를 보니 요양병원과 다를 바가 없다. 입원실에 고령의 노인들만 잔뜩 있기 때문이다.

원래 호텔로 지었다가 운영이 안 되어 병원 시설로 전환한 곳이라고 한다. 노인성 질환을 중심으로 한 일반 진료가 가능하고, 중환자실까지 갖춘 곳으로 여러 명의 전문의들이 있다. 단순 요양시설이 아니라 전문 병원이어서 환자들에 대한 서비스는 최상급이다. 하지만 이런 시설은 정부 지원이 없기 때문에 당연히 비용이 많이 든다.

널찍한 로비의 한쪽 편 카운터에 젊은 여자 세 명이 앉아서 노닥거리고 있다. 내가 입원 관련 정보를 얻고 싶어서 왔다고 하니 멀리 떨어져 있는 진열대를 가리키며 안내 팸플릿이 있다고 한다. 다시 기다란 로비를 걸어 진열대로 가서 팸플릿을 들여다본다. 그 내용이 제대로 되어 있지 않다.

실망감을 품고 다시 그들에게 가서 이것으로는 부족하다고 하니 실장이라는 사람을 소개해주겠다고 한다. 왜 여자들이 셋이나 그 자리를 지키고 있는지 알 수가 없다.

절차를 밟고 일층에 있는 한 사무실에서 실장이라는 사람을 만난다. 일흔 살쯤 되어 보이는데 상황을 얘기하니 반갑게 맞아준다. 그럴 수밖에. 이런 시설의 입장에서 고령의 아픈 부모를 둔 나 같은 중년은 엄청난 고객이다. 이러한 요양 서비스는 단발성 판매로 끝나는 상품이 아니다. 장기간의 반복 판매가 가능한 고가의 상품이다.

실장은 자기의 경력을 자랑하더니 이어서 병원에 대한 자랑을 늘어놓는다. 그는 비교를 위해 최근 징계를 당한 어떤 요양시설을 소개하기도 한다. 그러면서 그 사람들을 악덕업자라고 비난한다. 실제로 우리집에서 수십 분 거리에 있는 어떤 시설에서는 관리 소홀로 화재가 발생해 많은 노인들이 사망하기도 했다.

아버지에 대한 기본 정보를 제공한 뒤에 시설을 살펴보기로 한다. 그가 안내하고 내가 따른다. 여자와 남자가 각각 다른 층으로 분리되어 있다. 병실 대부분이 다인실이나 2인실과 1인실도 있다. 그리고 물리치료실과 오락실을 비롯해 모든 시설이 잘 갖춰져 있다.

층마다 복도 중앙쯤, 엘리베이터를 타고 내리는 널찍한 공간 한편에 데스크가 있고 거기서 병동을 관리한다. 여러 명의 간병인이 상주하는데, 모두들 인상이 편안하고 푸근해 보인다. 대우가 좋고 업무 환경도 나쁘지 않다는 증거일 것이다. 이런 환경이라면 쾌적하고 안전하게 보호받을 수 있겠구나 싶다.

그런데 이곳의 모든 것이 죽어 있는 것처럼 느껴지는 이유는 무엇일까? 시간이 멈춘 것만 같다. 마치 사람이 아니라 사람 모양새를 한 식물을 키우는 온실 같다. 침대마다 고령의 노인들이 있다. 그러나 움직임도 소리도 없다. 정물 같다. 시간이 죽어버린 박제의 공간이 상상된다.

모두가 환자복을 입고 있는 것도 거슬린다. 단체 생활이니 환자복을 입히는 것인가, 아니면 환자로 입원해 있기 때문인가. 이곳은 공식적으로 병원이니까 입원한 사람에게 반드시 환자복을 입혀야 하는 것일까? 좁은 침대 위에 있는 모습도 보기에 불편하다. 지상에서 칠팔십 센티미터 떨어진 그 좁은 판 위에 갇혀 있는 게 아닌가. 아버지가 그토록 견디기 어려워한 침대!

문득 이 노인들에 대한 궁금증이 밀물처럼 밀려든다. 모두들 어떤 여로를 지나 종착역 같은 이곳에 멈춘 것일까? 저 사람들은 평소 무슨 생각을 주로 할까? 권태를 느낄까? 불안할까? 살던 집에서 분리된 처지에 대해서는 어떤 마음을 가지고 있을까? 자식들을 원망하고 있을까? 아니면 정반대로 좋은 시설을 이용할 수 있다는 데 감사하고 있을까?

나의 아버지는 여든 줄에 들어서면서 늘 허무감에 젖어 있었던 것 같다. 젊었을 때도 그랬는지는 모르겠다. 말을 도무지 하지 않으니 직접 들은 바는 없으나 일상적인 모습에서 충분히 짐작할 수 있었다. 아버지는 회한이 많은 것 같았으며, 자신의 인생이 실패했다고 느끼는 것처럼 보였다.

사실 아버지는 집안 환경으로도 사회 환경으로도 전혀 좋은 조건을 누리지 못한 분이었다. 아버지가 살아온 사회 환경이야 가난하고 고통스러웠던 격랑의 현대사 그 자체이니 새삼 말할 것도 없지만, 십대 중반에 부모님을 모두 여의어 가정 환경도 아주 나쁜 경우였다. 그런 조건에서 자기 인생을 건설해야 했던 사람이라면 특별한 극소수 외에는 대부분 자신의 삶에 후한 점수를 줄 수 없을 것 같기도 하다.

하지만 한 인생이 성공적이었는가 아닌가는 무엇으로 판단하는 것일까? 모두들 잘 알다시피 요즘은 모든 가치를 돈으로 재는 세상이다. 내가 소설을 '창작'해 출간하면 사람들이 내게 던지는 질문의 99퍼센트는 그 책이 얼마나 팔렸느냐 하는 것이다. 정말 현실이 그렇다.

결국 성공과 실패를 판단하는 가장 옳은 기준은 자기 자신의 평가와 믿음이 아닐까? 그러니까 스스로 성공했다고 생각하면 그런 것이고 그렇지 않으면 아닌 것이다. 남이 아니라, 세상이 아니라, 자기 자신에게 스스로 내리는 평가야말로 최고의 것이 아닐까? 과대망상이나 피해의식으로 스스로를 괴롭히는 사람이라면 얘기가 달라지겠지만.

"그때가 네 아버지 인생의 분기점이었다."

아버지의 인생 얘기를 하다보면 어머니가 꼭 이렇게 말하는 시점이 있다.

어머니가 말하는 '그때'란, 아버지가 기차역에서 제자들에게 배웅을 받으며 고향을 떠날 때를 말한다. 남녀 학생들이 잔뜩 몰려나와 가지 말라며 엉엉 울었다고 한다. 한국전쟁 이후에 친구들과 천막학교를 세우는 것으로 시작한 아버지의 선생님 생활은 그렇게 막을 내렸다.

아버지는 가족들을 데리고 김천으로 갔다. 김천에는 사업에 성공한 가까운 집안분이 있었다. 그분은 국회의원이 되고 싶어했는데 아버지에게 도움을 청했다.

"나중에 학교 설립을 인가받아서 교장을 맡겨주겠네."

그분은 이렇게 장담했다고 한다.

그래서 아버지는 그분의 사업을 도왔다. 그리고 선거도 도왔다. 그러나 그는 국회의원이 되지 못했다. 학교도 세우지 못했다. 결국 아버지는 생각을 바꿨다. 고향으로 돌아와 자신이 직접 사업을 하기로 했다. 돈을 모아서 학교를 세우겠다는 포부가 있었다.

그 무렵 내가 태어났다. 그리고 새로운 환경에서 새 삶을 시작했다. 하지만 아버지는 끝내 학교를 세울 돈을 모으지 못했다. 아버지의 사업은 우리나라 평범한 자영업자들의 평균적인 성장률을 간신히 따라가는 수준에서 그쳤다.

아버지의 인생을 정리해보면 사실 실패의 기록으로 보인다. 아버지는 이른바 조실부모하고 집안의 누군가에게 얹혀서 살아야 했다. 그러니 아버지가 십대 시절에 입었을 상처를 충분히 짐작할 수 있다. 그후 아버지는 스무 살도 되기 전에 일본으로 갔는데, 돈을 벌면서 공부를 하겠다는 뜻이 있었다고 한다. 그러나 그 야심도 일제의 강제징집 때문에 중단돼버렸다.

아버지는 징집을 피해 돌아왔고, 마침내 해방이 되었다. 그리고 결혼해서 첫아이를 낳은 뒤, 고시 공부를 하기 위해 서울로 갔으나 한국전쟁이 발발해 꿈을 접어야 했다. 그뿐 아니라 한강 다리가 끊어지는 바람에 죽을 고비를 넘기고 피골이 상접한 시체 꼴로 간신히 귀향했다고 한다.

전쟁이 끝나고 아버지는 잠시 군복무를 했다. 그리고 친구들 셋과 함께 천막학교를 열었다. 학교는 고향 사람들에게 큰 호응을 받았으나 경영상의 어려움이 컸고, 정식 인가를 받아야 하는 문제가 있었다. 그래서 지역의 국회의원에게 도움을 받게 되는데, 지금까지 역사를 이어오고 있는 이 중학교의 공식 설립자는 그 국회의원으로 기록되어 있다.

그후의 행로는 어느 가정에서나 볼 수 있는 우리 부모 세대의 평범한 삶과 다를 바가 없었다. 모든 부모가 그렇듯 아마 아버지도 내가 이른바 '출세'라는 것을 해주기를 바랐을 것이다. 그래서 자신의 내면에 남아 있는 아쉬움과 억울함 그리고 공허감을 어느 정도 해소해주기를 바랐을 것이다. 물론 이것은 추정이다. 아버지는 단 한 번도 내게 무엇이 되어라, 어떤 직업을 가져라, 하고 말한 적이 없다.

내가 대학 강의를 접고 마흔이 다 돼가는 나이에 소설을 쓰기 시작했을 때, 아버지가 나의 그 이상한 선택을 얼마나 이해했는지 모르겠다. 어쩌면 엄청나게 실망했을 수도 있다. 그러나 아버지가 나에게 그런 감정을 표현한 적은 없었다.

내가 확실하게 아는 것은 세월이 더 흘러 아버지가 고령에 들자 일상적으로 허무감에 젖었으며 그런 내면을 자주 드러냈다는 사실이다. 아버지는 집안의 몇 가지 일에 대해, 네가 알아서 잘 하라고 수차 말하곤 했는데, 그럴 때면 늘 "나는 이제 곧 죽을 텐데 뭐!" 라는 말이 따라붙었다. 나는 이제 곧 죽을 텐데 뭐!

나는 서울에서 이따금 아버지에게 편지를 보내곤 했다. 단 한 번도 답장은 없었다. 아버지에게 받아본 편지는 내가 고등학생일 때 딱 한 통이었다. 대구에서 하숙 생활을 할 때였는데, 공부를 이렇게 저렇게 해보라고 조언해주는 내용이었다.

나는 워드프로세서로 편지를 작성하고 활자를 엄청 키워서 인쇄해 보냈다. 시력이 나쁜 아버지에게 그렇게 해서 보내면 힘들이지 않고 알아볼 수 있을 거라고 보았기 때문이다. 그러다보니 그때 보낸 편지들의 문서 파일이 아직 남아 있다. 쭉 읽어보니 어떤 편지에는 다음과 같은 대목이 있다.

아버지, 또하나, 제발 마음을 편하게 가지시라고 말씀드립니다.
생각해보십시오. 건강한 장수는 그 자체로 축복입니다.
아버지는 현재 대부분의 사람들이 경험하지 못하는 '시간'을 누리고 계십니다.
저는 아버지께서 이것을 축복으로 받아들여야 한다고 봅니다.
아버지는 가끔 비관적인 감정에서 '이제 곧 죽을 텐데 뭐!'라는 말을 하십니다.
물론, 인간이라면 누구나 죽게 마련입니다.
긴 세월을 놓고 보면 저도 이미 반쯤 죽어 있는 인간입니다.
누구나 태어나면서 죽어가기 시작하는 게 모든 생명체의 본질이니까요.
하지만 아버지는 이미 여든 해를 살아오신 분이 아닙니까.

즐거운 인생이었건 괴로운 인생이었건, 그 세월을 긍정적으로 보아야 하지 않겠습니까. 게다가 아직 건강도 좋으시고, 생각하는 능력도 탈이 없으니 더더욱 긍정하고 감사하는 마음을 가져야 하지 않겠는지요.

왜 사소한 문제를 가지고 전쟁이라도 벌어진 것처럼 그렇게 신경을 곤두세워 안절부절못하시는지 안타깝습니다. 설사 전쟁이 벌어졌다 하더라도, 저는 아버지께서 나이 어린 저와 같은 뒷사람들에게 태평스러운 모습을 보여주시면 좋겠습니다.

이건 농담반 진담반으로 하는 말입니다만, 저는 아버지께서, "나는 이미 내가 이 세상에서 누릴 세월을 다 찾아먹은 사람이니 전쟁을 하건 말건 너희들 마음대로 해라!" 하고 배짱을 좀 보여주시면 정말 좋겠습니다.

편지들을 보니 야릇한 즐거움이 느껴지기도 하지만, 이것은 순전히 나의 몫일 뿐이고, 따져보자면 아버지에게는 이런 편지보다 실질적인 도움이 필요했던 게 아닌가 싶다. 그러니까 아버지의 삶에 적극적으로 개입해 도움을 주는 것 말이다. 특히 본인이 마다해도 다소 강제로라도 병원으로 모시고 가서 충분하고 섬세하게 건강 검진을 하고, 필요한 의학적 처치를 전문적이고 지속적으로 받게 했더라면 하는 아쉬움이 크다.

물론 그런 제안을 하기도 했다. 그러나 아버지는 역시 "내가 이 나이에 병원에 가서 뭐하려고" 하는 반응을 보였다.

또하나, 직업까지는 아니더라도 사회 활동을 지속적으로 이어가는 게 필요했다는 생각이 든다. 아버지는 경제 활동의 현장에서 완전히 은퇴한 뒤에는 특별한 장기적인 계획 없이 사셨다. 취미로 시조창 모임에 한 세월 열심이었으나 그후에는 아무런 활동도 하지 않았다. 집에서 장시간 신문을 읽고 텔레비전을 보고 잠을 자는 삶의 연속이었다. 그런 세월이 십 년 이상 흘렀다.

아버지는 자신의 인생이 그렇게 많이 남아 있으리라고 생각하지 못했는지도 모른다. 사실 대부분의 사람들이 그렇지 않을까 싶다.

언젠가 우연히 본 신문 기사가 생각난다. 아흔 살이 된 누군가의 이야기를 다룬 기사였다. 그는 자신이 여든이었을 때 십 년이나 더 살게 되리라고는 상상도 하지 못했는데, 그러다보니 아무런 장기적 계획 없이 아깝게 세월을 허비하고 말았다고 아쉬워했다. 그러면서 또 후회하지 않기 위해 지금부터 외국어를 배울 거라고 했다.

노인들에게는 바로 이런 성취 의지가 필요한 것이다. 가족과 사회가 그런 인식을 심어주고 여건을 만들어줘야 한다. 고령의 노인이 여생 동안 뭔가를 추구하면서 생활하는 것은 본인을 위해서는 물론 가족과 사회에도 좋은 결과를 가져올 것이다.

시설을 둘러보고 나니 실장이라는 분이 이렇게 말한다.

"결정되면 연락 주세요. 그러면 바로 가서 어른을 모시고 오겠습니다. 모든 걸 우리한테 맡기시면 됩니다."

결론은 이전에 요양병원에서 들은 얘기와 다를 바가 없다. 아버지를 '모신다'고 표현하지만 강제로 구인해 가는 이미지가 그려진다. 가족의 요청으로 정신병원에서 출동한 사람들에게 졸지에 끌려가서 감금되는 경우처럼 말이다. 이런 부정적인 이미지는 이어진 실장의 말 때문에 더 생생하게 그려진다.

"한 가지 협조 사항이 있습니다. 아버님이 여기로 오시는 날부터 일주일간은 절대 면회 금지입니다."

더 말이 이어지지만 나는 주의를 기울이지 않는다. 무슨 소리인지 잘 알고, 별로 듣고 싶지도 않기 때문이다. 심신이 망가진 노인이 병원의 규율을 잘 따르도록 일주일 동안 맹렬하게 길을 들이겠다는 것 아니겠는가. 아버지가 "죽기도 참 힘들구나!"라고 했을 때, 설마 이런 경우까지는 상상하지 않았을 것이다.

나는 병원 방문을 마치고 로비를 걸어 출입구 앞에 선다. 이곳이나 혹은 유사한 시설에 아버지를 데리고 오는 일이 없기를 바라며 문을 밀치고 밖으로 나선다.

병원 안은 깨끗하고 상쾌하다. 하지만 유리문 하나가 가로막고 있는, 병원 바깥의 소음과 먼지 섞인 이 공기가 더 좋다. 왜냐하면 여기에는 쾌적한 병원 내부에는 없는 자유의 기운이 섞여 있기 때문이다.

인도를 천천히 걸어가면서 부득이하게 아버지가 이런 병원에서 살아야 하는 상황을 상상해본다. 어느 날 아버지는 구급차에 실려

집을 떠나 병원으로 오게 될 것이다. 그리고 낯선 환경과 낯선 사람들에게 저항하지 못하고 적응을 강요당할 것이다. 환자복을 입게 될 것이고, 24시간 내내 침대 위에 있어야 할 것이다. 당신 방의 익숙한 냄새와 촉감, 그리고 익숙한 얼굴과 목소리와 음식으로부터 완벽하게 단절될 것이다. 생각만으로도 절망감이 엄습한다.

그런데 정말 아버지가 혼수상태나 그와 비슷한 지경이 되면 어떻게 해야 하는 것일까?

아버지는 자신의 생명 문제 자체에 대해서 어떤 지침도 내려놓지 않았다. 평소 우리들에게 얘기한 바도 없다. 아마 그런 생각을 구체적으로 해보지 않은 것 같다. 아버지에게 그런 일을 기대하는 것은 지나치다고 생각되기도 한다.

나와 동년배인 오십대 지인들과 얘기해보면, 자신에게 급작스러운 병고가 닥쳤을 때 어떻게 했으면 좋겠는지 결정하고 그것을 가족에게 공개적으로 얘기하거나 혹은 문서로 만들어둔 경우를 본 바가 없다.

젊어서도 사고를 당할 수 있지만 그런 것은 논외로 해두고, 중년의 후반으로 들어서는 사람이라면 자신의 목숨에 대해서 뭔가 준비를 해둬야 하는 게 아닌가 생각된다. 물론 우리가 아무런 준비를 해두지 않아도 주변 사람들이 우리에게 도움을 줄 것이다. 예컨대, 혼수상태와 같은 응급 상황에 처하면 우리는 즉시 병원으로 옮겨질 것이다. 그런 것은 의문의 여지가 없다.

그런데 그 이후 우리는 어떤 수준까지 치료를 받아야 하는 것일까?

우리의 정신이 멀쩡하다면 스스로 선택할 수 있을 것이다. 삶의 질을 위해 보존적인 치료에 그칠 수도 있을 것이고, 마지막 한 시간까지도 더 생존하기를 원하면 적극적인 연명 치료를 선택할 수 있을 것이다.

그러나 처음부터 혼수상태가 아니더라도, 치료 과정 중에 의식이 혼미해질 수도 있는데, 그럴 경우 그 결정은 누가 해야 하는 것일까?

고령의 환자에 대해서도 끝까지 살리고 보려는 의사들의 분투는 그 자체로 숭고하고 영웅적이다. 그러나 그것이 과연 항상 환자를 위한 것이기만 한지는 섬세하게 따져볼 필요가 있다. 때로는 의사 자신을 위한 분투일 때도 분명히 있을 것이다.

바로 이런 제반 문제에 대해서 적절한 방식으로 자기 의사를 미리 표명해두면 좋겠다는 생각이 든다. 특히 평균 수명을 훨씬 넘어서 고령에 이른 사람들은 더더욱 그렇다.

아버지는 자신의 사후 처리에 대해서도 아무런 구체적인 지침을 남기지 않았다. 이런 문제는 다루기 고약한 면이 있다. 나는 아버지가 건강할 때 스스로 우리들에게 어떤 지침을 줬으면 하는 바람이 있었다. 그러나 현실은 그렇지 못했다. 그렇다고 내가 나서서 물을 수도 없었다. 결국 아무것도 모르는 상태에서 아버지의 마지막 무대를 맞고 말았는데, 이제 와서 병든 아버지에게 '장례를 어떤 식으로 할까요?'라고 어떻게 물을 수 있겠는가.

몇 번 냉정하게 그 문제를 꺼내볼까 하는 마음을 먹었지만 기회만 살피다가 접고 말았다. 아버지의 정신이 온전하고 명료했으면 얘기를 했을지도 모르겠다. 하지만 아버지는 대화다운 대화를 할 수 있을 정도로 정신이 회복되지 못했다.

『화엄경』에서는 '일체유심조一切唯心造'라고 말한다. 만사는 내 마음이 지어내는 것이니 만사가 내 마음에 달려 있다는 뜻이다. 하지만 아버지는 그 마음이라는 것 자체가 없어져가고 있었다.

이 년이 지난 뒤

늙고 병든 육체와 죽음의 그림자가 일상이 된 하루하루가 여전히 무정하게 반복되고 있다. 아버지는 잠들어 있는 시간이 많다. 그럴 때 보면 보기 안쓰러운 피폐한 얼굴에 피곤과 고뇌의 기색이 가득하다. 완전히 펼 수 없는 다리를 한껏 오므려 가슴께에 닿게 하고 모로 누워서 자는데 꼭 태아의 모습과 같다. 그런 모습으로 스스로 풍화작용을 하고 있는 것 같다.

천만다행으로 막혔던 요도가 뚫려서 도구를 쓰지 않고도 소변을 볼 수 있게 되었다. 이것만으로도 얼마나 큰 고통을 덜었는지 그저 감사할 따름이다. 약을 꾸준히 복용하기도 했지만, 육류를 일절 금한 식단이 도움이 되지 않았을까 싶다. 의사는 음식에 대해 특별히 주문하지 않았지만, 나는 아버지의 식단을 철저히 관리해보기로 했다. 전립선 비대가 원인이니 육류를 금하고 달걀이나 새우처럼 콜레스테롤을 많이 함유한 것도 죄다 금했다.

시간이 지나자 식단의 효과가 나타나기 시작했다. 그러나 어느 날부터 단번에 다 해결된 것은 아니다. 소변이 처음에는 어쩌다가 조금 나오고 며칠간 소식이 없었다. 그러다가 하루에 두어 번 조금씩 소변을 보았다. 그런 식으로 한참을 끌었는데, 물론 이때는 도구를 이용해 소변을 배출시켜줘야 했다. 그렇게 점점 횟수와 양이 많아지면서 정상적인 배출이 가능해졌다. 그러나 중간에 또 소변이 나오지 않아 한동안 도구를 사용해야 했는데, 그때는 다시 이전으로 돌아가는구나 싶어 더 큰 좌절감을 맛보기도 했다.

그렇게 소변 문제는 해결을 보았는데, 정상적인 배변은 끝내 불가능했다. 채소 반찬을 비교적 많이 섭취하는데도 불구하고, 워낙 장기간 변비를 겪어온 탓인지, 혹은 복용하는 약들 중에 변비를 일으키는 것이 있었는지, 변을 보지 못해 일주일에 두 번씩 관장을 해야 했다. 달리 어쩔 수가 없었다.

처음 관장을 한 것은 간병인이 24시간 우리와 함께 있던 때의 일이었다. 아버지는 스스로 아무리 애를 써도 전혀 변을 보지 못했다. 그런데 배에서 돌덩이처럼 딱딱한 것이 만져졌다. 뭔가 다른 탈이 난 게 아닐까 의심이 들었다. 그래서 이참에 진료를 받으면서 배변 문제에 도움도 얻고, 이따금 문제가 되는 변실금 현상에 대한 대처 방안도 얻고자 했다.

아버지를 일반 승용차에 태우려면 몹시 힘이 든다. 두 사람이 한참 용을 써야 하는데, 병원에 도착해 다시 휠체어에 태울 때도 마찬가지다.

그렇게 힘들게 아버지를 모시고 가서 한참을 기다린 끝에 진료실로 들어갔다. 우리를 맞이하는 의사와 간호사의 표정을 보니 우리보다 더 긴장했다. 여차저차하다고 설명을 하니 의사는 침대에 아버지를 눕히라고 했다. 그래서 또 땀을 흘려가며 휠체어에서 침대로 이동시키고, 그가 원하는 대로 모로 눕게 했더니 항문을 그저 한번 들여다보기만 했다. 그러고는 끝이었다. 청진기 한번 대지 않고, 딱딱한 것이 만져지는 배에 손 한번 대지 않았다.

"특별히 뾰족한 수가 없겠습니다."

이게 그의 진단이었다. 간호사는 바짝 얼어서 지켜보기만 했다.

분노가 치밀어 폭발할 것 같았다. 아버지가 병치레를 한 삼 년 반, 정확하게는 1254일 동안 무수한 의사들과 간호사들을 만나고 간병인들과 병원 직원들을 접했지만 이때처럼 화가 난 경우는 없었다.

보아하니 나보다 조금 어려 보이는 의사는 겁을 먹은 것 같았다. 초고령인데다 온몸이 망가진 환자를 자신이 건드렸다가 혹시라도 재수없는 어떤 추궁을 당하게 되는 것은 아닐까 하고 말이다.

"비데로 따뜻한 물을 항문에 쏘이는 건 어떨까요?"

내가 물으니 앵무새처럼 대답했다.

"아마 좀 도움이 될 겁니다."

나는 화를 내지 않았다. 그저 가만히 쳐다봐주기만 했다. 그가 내 눈길을 피했다. 의사라는 고도의 전문성을 갖춘 사람으로서 프로 의식이라고는 눈곱만큼도 없는 그에게 화를 내서 무엇하겠는가.

못난 의사가 회피한 해결책을 그 씩씩한 간병인이 내놓았다. 소득 없이 힘만 빼고 아버지의 기분만 나쁘게 만들어서 집으로 오자 간병인이 내게 말했다.

"아무래도 변비가 오래돼서 변이 딱딱하게 뭉친 게 아닌가 싶어요. 그래서 얘긴데, 관장을 한번 해보는 게 어떨까요?"

갈등을 하다가 약을 사 왔다. 주의 사항과 부작용을 읽어보니 거의 독극물 수준이었다. 간병인에게 괜찮겠느냐고 하니 마시는 감기약에 쓰여 있는 부작용을 보라고 했다. 그래, 거기에도 약인지 독극물인지 알 수 없을 정도로 험악한 말들이 많이 쓰여 있다는 것을 알고 있다.

관장을 하기로 했다. 자리에 비닐을 깔고 만반의 준비를 한 후 아버지의 항문에 약을 여러 병 넣었다. 간병인의 예상이 맞았다. 시간이 지나자 돌처럼 굳은 변들이 나왔다. 오랜 시간에 걸쳐 그것들을 뽑아내자 배에서 만져지던 딱딱한 것들이 사라졌다. 뾰족한 방법이 없다고?

나는 모든 의대 학생들에게 간병 실습 과목을 반드시 그리고 아주 엄격하게 이수하도록 했으면 좋겠다고 생각한다. 환자에 대해서 판단하고 결정해 지시하는 자리가 아니라, 환자를 위해 그의 수족이 되어주어야 하는 자리에 서보면, 사람이 아프다는 게 무엇인지, 아픈 자를 치유하는 게 무엇인지 훨씬 더 잘 보게 될 것이다.

이 년이 지난 뒤, 아버지의 두 다리는 대나무처럼 변해버렸다. 엉덩이와 상체도 다르지 않다. 그야말로 유해遺骸를 향해 나아가고 있다. 그 모습을 보는 것만으로도 우울해지지만, 이것은 지극히 자연스러운 변화다. 병실에 누워 인위적으로 마지막 순간까지 끝없이 영양제를 공급받지 않는 한, 죽어가는 늙고 병든 육신은 마른 나뭇가지처럼 되어가게 마련이다.

아버지는 자지 않고 깨어 있을 때도 옆으로 누워 태아처럼 다리를 구부린 채 지낸다. 그래서 골반의 좌우 뾰족한 부분이 검붉은 빛깔로 변했다. 자주 씻기고 약을 바르고 때로 소금물로 씻기며 관리해 그나마 고통스럽고 흉한 욕창의 단계로는 진행되지 않았다. 그러나 엉덩이의 살은 거의 다 빠지고 껍질만 남아 늘어져 보기 흉하다. 그런데 그 보기 흉한 엉덩이 살이 눈으로 보는 것과 다르게 손으로 만지면 믿을 수 없을 정도로 부드럽고 매끈하다는 사실을 아는지!

이런 질문을 해본다. 육체가 그처럼 망가진 상황에서 자신이 원하는 대로 정신 상태를 선택할 수 있다면 사람들은 과연 어떤 경우를 택할 것인가? 예컨대 아주 단순화시켜서 첫째, 자신의 처지와 현실 상황을 정확하게 인지하는 경우, 둘째, 자신의 처지와 현실을 흐릿하게 부분적으로만 파악하는 경우, 셋째, 자신의 처지도 주변 상황도 거의 파악하지 못하는 경우. 어떤가?

인간으로서의 존엄이라는 것을 생각한다면 당연히 첫번째 경우를 선택해야 할 것이다. 하지만 그것이 가져올 고통은 어떨까? 차라리 의식이 흐릿해져 뭐가 뭔지 똑똑히 알지 못하는 게 낫지 않을까? 어찌할 수 없는 절망적인 상황이라면 바보가 돼버리는 것이 더 낫지 않겠는가 말이다.

섬망 증세는 없어졌다. 거칠어지거나 욕을 하는 돌발적인 이상 증세는 더이상 발생하지 않는다. 아버지의 그런 변화는, 자신이 죽어가기 시작했다는 선고를 받아들이기 싫어서 한바탕 소란을 피운 뒤에 이제는 자신의 현실을 받아들이기로 마음을 비운 사람의 모습을 연상시킨다. 이따금 아버지가 식사를 하고 난 뒤에 가만히 앉아 있을 때 보면 모든 것을 초탈한 듯 보이기도 한다.

그러나 그런 모습을 초탈이라고 할 수는 없을 것이다. 자신과 주변 상황을 명료하게 의식하지 못하니 이것은 차라리 무지라고 해야 할 것이다. 육체의 기능이 전반적으로 떨어진 것처럼 아버지의 정신도 바닥으로 내려앉고 말았다.

집안 문제에 대해 미약하게 대화가 되긴 하지만 이전처럼은 아니다. 그때는 극히 정상적인 사고와 반응이 있었지만 지금은 아니다. 내가 이런저런 걸 물어보면 잘 대답하지 못한다. 병원에 입원해 어떤 일이 있었는지, 그게 언제 일어난 일인지 알지 못한다. 그러나 그 이전의 일들은 대체로 잘 기억하고 있다. 그러고 보면 망각이라는 것도 자신에게 닥친 고통에 대응하는 하나의 훌륭한 방식이라는 생각이 든다.

아버지는 요양보호사가 근무를 끝내고 돌아가려고 하면 가지 못하게 붙잡는다든지, 실망하고 오지 말라면서 화를 내기도 하는데, 그럴 때 보면 딱 어린아이의 모습이다.

하루하루는 이렇게 흘러간다. 영원히 막이 내려오지 않을 것 같은 무대, 게다가 시작도 끝도 잘려나가고 중간만 있는 무대, 그런

걸 상상하면 된다.

아침에 일어나면 아버지의 기저귀를 살피고 새것으로 교체한다. 이제 더이상 소변통은 사용하지 않는다. 그러나 아버지는 오랫동안 소변통을 고집했다. 불규칙하나마 다시 소변이 나오기 시작해 기저귀를 착용했는데, 못마땅해하면서도 받아들였지만, 요의를 느끼면 꼭 소변통을 달라고 했다.

한동안 그 방식을 고집했다. 자신도 모르게 나와버리는 경우는 어쩔 수 없었지만, 확실하게 요의를 느낄 경우에는 소변통을 내놓으라고 했다. 그냥 기저귀에 누면 된다고 해도 소변통을 달라고 했다. 이것은 자존심의 문제일 것이다.

소변을 보려는 그때 마침 방안에 나와 간병인이 함께 있으면, 아버지는 먼저 눈에 띈 사람에게 나가라고 손짓을 했다. 두 명의 남녀가 바라보는 앞에서 자신의 성기를 내놓고 싶지 않았을 것이다. 그것이 인간이다. 그 조그만 차이가 인간과 동물을 가른다. 이런 장면은 아련한 슬픔을 불러온다.

그러나 이제는 기저귀에 소변을 보고 있다. 아이처럼 그저 나오는 대로 오줌을 눠버리는 행위를 몹시 부자연스러워하고 받아들이기 힘들어했지만 힘이 부쳐서 더이상 버티기 어려워지자 포기하고 받아들였다.

기저귀를 갈고 나면 화이트보드에 그 시각을 기재해둔다. 이것은 기저귀를 체크하고 교체하는 작업에 유용한 정보가 된다. 아버지의 습관을 관찰하고 통계를 내보니 대체로 여섯 시간에서 여덟 시간 간격으로 기저귀를 교체하면 적당했다. 그래서 그 시각을 적어놓으면 다른 사람이 불필요하게 기저귀를 들쳐볼 필요가 없어지는 것이다. 그러나 불규칙하게 소변이 장시간 나오지 않거나 몇 시간 간격으로 자주 나와버리는 바람에 평균적인 통계 정보가 무용해질 때도 많았다.

아침 식사를 준비한다. 밥을 물에 불리고 반찬을 잘게 썬다. 세 끼 식사는 정상적으로 하지만 밥과 반찬은 죽에 가깝게 만들어야 한다. 밥은 따뜻한 물과 함께 불려서 숟가락으로 뭉개고, 반찬은 칼이나 가위로 잘게 썬다. 본인은 더 먹으려고 할 때가 있지만 식사량은 엄격히 제한하는 편이다. 양이 더 추가될 경우 소화불량 같은 부작용이 생기기 때문이다.

식사할 때는 아버지를 일어나게 한다. 대부분의 경우 스스로 일어나게 한다. 몸을 좌우로 틀어서 편안한 쪽 바닥에 양팔을 짚고 용을 쓰면서 상체를 일으킨다. 그리고 천천히 조금씩 움직여 밥상 앞까지 온다. 컨디션이 나빠서 일어나지 못할 때는 도와주지만 웬만한 경우에는 스스로 하게 한다. 아버지가 안간힘을 쓰는 것을 보면 마음이 아프고 안쓰럽지만, 그렇게 하는 것이 본인과 우리 모두에게 이익이라고 판단해 냉정하게 그 방식을 고수한다.

식사를 한 뒤에는 양치질을 한다. 물론 이 모든 것이 안방에서 이루어진다. 컵에 물을 뜨고, 칫솔에 치약을 짜고, 입안을 헹군 물을 뱉어낼 세숫대야까지 대령하고, 양치가 끝나면 그 모든 것을 욕실로 가져가 뒤처리를 해야 한다.

그런 다음 팔운동을 권한다. 다리는 못 쓰게 되었지만, 양팔마저 그렇게 되면 정말 곤란해질 것이다. 수발하는 사람도 힘들어지지만, 스스로 상체를 일으킬 수 없어 본인이 더욱 힘들어질 것이다. 아버지는 양손에 쥐고 잡아당기는 근력 운동 기구를 받아들지만, 대체로 서너 번 당기는 것으로 끝난다.

일주일에 한 번 목욕을 한다. 이때는 요양보호사 외에 한 사람이 더 온다. 흔히들 목욕사라고 부른다. 혼자서는 아버지를 감당할 수 없기 때문이다. 혼자서는 아버지를 휠체어에 싣는 것도 불가능하다.

나는 아버지가 휠체어에 태워져 방에서 나와 욕실로 들어가는 모습을 의도적으로 피한다. 상하의를 벗기고 기저귀는 그대로 둔 채, 계절에 따라 등에 마른 목욕 수건을 덮거나 맨몸으로 이동하는데, 너무나 피폐해진 육체를 보고 싶지 않기 때문이다.

두 여인은 끝없이 수다를 떨면서 아버지를 씻긴다. 그 소리가 너무 크다 싶을 때면 간혹 아버지가 "시끄럽다!" 하고 외친다. 그러면 두 여인이 이번엔 호호호호 웃어댄다. 그렇게 목욕을 하고 나면 아버지는 간단한 간식을 먹고 곧바로 잠이 든다. 얼굴을 보면 매우 편하고 곤하게 잠든 것을 알 수 있다. 목욕은 오전에 하는데 이날은 오후에 요양보호사가 방문하지 않는다.

점심때도 아침과 동일한 과정으로 식사를 준비하고 마친다. 식사처럼 매일 벌어지는 일들 외에, 긴 호흡으로 반복되는 일이 일상과 교차된다. 병원을 찾아서 아버지의 경과를 얘기하고 약을 타오는 일이 있다. 그리고 기저귀를 비롯해 휴지, 위생깔개, 간식거리, 위생장갑, 물티슈, 연고류와 관장약 같은 약품 따위의 물건을 주기적으로 구매해야 한다.

오후 두시가 되면 요양보호사가 온다. 육십대 초반의 그분은 늘 잘 차려입고 다니는 멋쟁이인데, 집에 도착하면 작업용 옷을 갈아입는 것으로 일과를 시작한다. 방 청소를 한 뒤에 요일별로 적절히 분배한 그날의 과업을 한다. 세탁, 세수, 면도, 손발톱 깎기, 이발, 관장 등등. 그가 집에 오면 우리는 세 시간여 동안 아버지를 전적으로 맡기고 온전히 자신만의 시간을 가질 수 있다.

성격이 활달한 편인 요양보호사는 아버지와 친밀하고 인간적인 교류를 하면서 이 년이 좀 못 되는 세월을 우리와 함께했다. 아버지가 낮에도 잘 때가 많았고, 상대적으로 까다로운 요구를 하지 않았기 때문에 아마 그분도 우리집에서 아버지를 돌보는 근무가 만족스러웠으리라고 본다.

그렇지만 일주일에 두 번 감당해야 하는 관장은 피하고 싶은 일이었을 것이다. 연휴가 길게 겹치거나 해서 간병인의 도움을 받을 수 없을 때는 내가 그 일을 해야 했다. 다른 사람의 항문에서 변을 빼내는 일은 그 자체로 힘든 작업이다. 어떤 이유에서 하는 것이건 역겨운 일임에 틀림없다. 따라서 심한 스트레스가 수반될 수밖에 없다.

대상이 아주 어린 내 자식이라면 그리 괴롭지 않을지도 모르겠다. 그러나 나이 많은 내 부모라면 얘기가 달라진다. 옷을 벗기고 모로 눕혀서 변이 나오는 항문을 오래도록 바라보고 있어야 하는 것은 진실로 피하고 싶은 고역이다. 아버지 쪽에서도 내가 관장을 하려고 하면 주저하다가 응했다. 얼마나 마음이 불편했겠는가!

약을 넣는다고 바로 변이 나오는 게 아니다. 이십 분쯤 기다려야 나오기 시작한다. 그때부터의 처리 과정은 상상에 맡기겠다.

약을 넣고 변이 나오기를 기다리면서, 그동안을 모종의 수도修道 시간이라고 몽상해본 적이 있다. 하지만 그 발상 자체가 오만한 탓이었던지, 설령 그것이 수도라고 한들 내가 깨달을 수 있는 게 무엇일지는 도무지 알 수 없었다. 똥은 똥이다, 라는 절대 진리? 하지만 그것은 누구나 아는 게 아닌가.

삶에서 일어나는 일들이란 참으로 단순한 게 아니다. 관장을 해야 하는 현실이 한편으로는 아버지에게도 우리에게도 다행인 측면이 있었다. 만약 아버지가 배변을 정상적으로 할 수 있다면 변의를 보일 때마다 욕실의 변기까지는 아니더라도 최소한 방안의 이동변기에는 앉혀야 할 텐데, 이것은 보통 일이 아니다. 최소한 두 사람이 붙어서 엄청나게 용을 써야 하며, 그후에 변을 치우는 일 같은 뒤처리도 고역이다.

그 변을 기저귀가 감당할 경우에도 사정은 마찬가지다. 변을 치우고 엉덩이에 묻은 변을 다 닦아 깨끗하게 처리하는 과정은 무척 힘이 들 것이다. 그런데 그 일이 매일 혹은 최소한 이삼일에 한 번씩 벌어진다고 생각해보라. 그러니 차라리 일주일에 두 번 계획에 따라서, 딱딱해 그나마 다루기 좋은 변을 인공적으로 처리하는 게 더 나은 것이다.

저녁 식사 준비는 요양보호사가 한다. 식사가 끝나면 약을 먹이고 양치질을 시키고 요양보호사가 떠난다. 그러면 아버지는 잠시 뜬 눈으로 있다가 초저녁잠이 들고, 두어 시간 뒤에 깨어서 뒤척인다.

아버지는 전등불을 끄지 못하게 한다. 시력이 바닥 수준인 아버지에게는 눈부신 형광등이, 정상적인 우리로 치자면 은은한 조명 정도로 감지되는 듯이 보였다.

아버지가 한밤중에 소리쳐 우리를 부를 때가 있다. 이 경우 대부분은 소변이 기저귀 밖으로 범람해 위생깔개가 흥건히 젖어 있다. 낮에는 잠을 자니 별일이 없다가 오히려 잠을 덜 자는 밤에 그런 일이 자주 생긴다. 수년간, 이런 일이 자주 있었다.

아버지의 방광 기능이 불안정한 탓이기도 하다. 갑자기 많은 양의 소변이 나올 때가 있는데, 그럴 경우 기저귀가 조금 덜 조여져 있거나 옆으로 비틀어져 있으면 어김없이 소변이 밖으로 흘러나와 버린다. 때로는 깔개를 넘어 이부자리까지 적실 때도 있다.

그러면 오밤중에 비몽사몽 깨어나 마치 꿈속인 것처럼 일을 해야 한다. 아버지를 옆으로 옮겨놓고, 젖은 위생깔개를 새것으로 교체하고, 아버지를 다시 뉘여서 새 기저귀를 채우고 젖은 옷도 갈아입혀야 한다. 이불이 젖었으면 새로 교체하고 낮에 세탁을 해야 한다.

아버지는 몹시 미안해한다. 그 모습이 불쌍해서 마음이 편치 않다. 그렇다고 마치 천사처럼 내 속에 오로지 관대한 선심만 있는 것은 결코 아니다. 어떤 밤에는 화가 치밀고 짜증이 난다. 그러면 나의 손놀림이 거칠어질 수밖에 없다.

어쩌겠는가. 나는 천사도 아니지만, 아무것도 못 느끼는 기계도 아닌 것을! 선악호오의 온갖 감정을 내 속에 가지고 있는 인간일 뿐이다.

인간의 마음이 사계절 날씨와 같다는 것을 아픈 아버지와 함께하면서 더더욱 깨닫는다. 청명한 하늘, 봄바람, 비와 눈, 우박, 천둥, 돌풍, 소나기, 아름다운 설경, 낙엽이 깔린 아늑한 숲길, 따스한 가을볕과 마찬가지로, 우리 속에도 인간이 느낄 수 있는 모든 감정들이 공존하고 있다.

때로 어떤 하나가 대표선수로 나선다. 그래서 포근하고 맑은 봄날 같다. 하지만 그렇다고 다른 것들이 다 없어졌다고 생각하면 큰 잘못이다. 그것들은 단지 드러나지 않았을 뿐이다. 그것들은 보이지 않는 뒤에서 함께 어슬렁거리고 있다. 불과 수십 분 뒤에 비바람을 치며 얼굴을 내밀 수도 있다.

젊은 남녀 간의 사랑을 생각해보라. 서로에 대한 호의가 날마다 무럭무럭 자라날 때면, 영원히 변치 않을 청명한 봄가을처럼 느껴진다. 그래서 바로 그런 자신들의 마음 깊은 곳에 혹독한 한겨울 추위와 흙탕물 튀기는 여름날도 있다는 것을 보지 못한다. 그러다가 어느 땐가 그런 날들이 전면에 나서면, 자신과는 아무런 상관도 없는 일인 양 상대를 비난하게 된다. 사실은 자기 속에 늘 있었던 것들이 지금 드러난 것일 뿐인데도.

한 달에 한 번, 신부님과 수녀님 그리고 자원봉사자 아주머니 두어 분이 병자인 아버지와 현실적인 여건 탓에 성당에 나가지 못하는 어머니를 위해 집으로 찾아온다. 이러한 방문을 봉성체奉聖體라고 하는데, 그들은 아버지와 어머니를 위해 기도하고 위로의 말씀을 들려준다.

아버지는 매번 누운 채 그들을 맞이하는데 그때마다 이렇게 말한다.

"내가 이렇게 누워 있어서 죄송합니다."

그럴 때 보면 아주 멀쩡한 사람처럼 보인다.

한번은 얼굴이 검은 편인 젊은 신부가 이불을 들춰서 대나무처럼 마르고 구부러진 아버지의 다리와 사타구니에 차고 있는 기저귀를 살펴보았다. 그는 이불을 내리며 어머니를 보고 싱긋 웃었다. 고운 이불에 가려진 아버지의 흉한 육체를 제대로 바라보려고 한 신부님에게 어머니는 고마움을 느꼈다고 내게 말했다.

아버지는 안정되었다. 그러나 정상적으로 돌아왔다는 말은 아니다. 정상과는 거리가 멀다. 발병 이전 상태로는 돌아가지 못했다. 이것은 나의 비유적인 상상이지만, 아버지는 자신의 마음을 조금씩 조금씩 없애버리고 있는 사람 같다. 그렇게 믿고 싶다. 아주 조금씩만 다른 하루하루가 켜켜이 쌓여가는 지루하고 우울한 세월이 그런 의미를 가졌으면 좋겠다고 염원한다.

그런 한편, 재미없고 힘들고 지루한 일상의 반복과 중첩, 이런 부조리한 시간이 바로 인생이 아니겠는가 하는 생각이 들기도 한다.

생사의 아이러니

찻집에서 가까운 지인을 만난다. 우리가 이미 중년의 나이이고 나의 상황이 이러하다보니 노년과 질병과 죽음이 자연스레 대화의 주된 화제가 된다. 우리는 몇 살까지 살게 될 것이며, 더 늙어 병들면 어떻게 할 것이며, 죽음에 이르기까지 지루하고 고통스럽게 이어질지도 모르는 마지막 여로에 대비해 무엇을 미리 준비할 수 있을 것인가……

농땡이 치지 않고 열심히 수양한 수도자들 중에는 스스로 음식을 끊음으로써 서서히 자기 목숨을 마감하는 이들이 있다고 들었다. 물론 한창 멀쩡한데 그렇게 하지는 않을 것이다. 그러면 그것은 일종의 자살이 될 테니까. 살 만큼 살았다고 생각되고, 몸이 한계에 다다랐다고 느낄 때, 결단해 음식을 거부하고 스스로 조금씩 죽음을 받아들이는 것이다.

과연 우리도 그렇게 할 수 있을까?

이 질문에 우리는 대답하지 못한다.

어쩌면 가능할 수도 있지 않을까, 라는 생각은 환상일 것이다. 수도자들처럼 눈뜨는 순간부터 잠드는 순간까지 매일 자기의 몸과 마음을 엄격하게 통제하면서 오랜 세월 수양한 사람이라면 모를까, 자신의 의지로 자기 몸을 장기간 통제해본 경험이 없는 우리들 대부분은 그렇게 하지 못할 것이다.

게다가 인간은 육체적 능력이 기울어지면 정신적 능력도 기울기 시작한다. 그래서 자신의 의지로 자기 몸의 본능, 즉 맹목적인 생존 욕구를 다스리는 것은 대단히 어렵게 된다. 단순히 몸이 힘들어서 못하는 게 아니라, 우리의 머릿속에 그런 생각 자체가 떠오르기 어렵고, 떠오른다고 해도 그 생각을 지속적으로 견지하며 실행에 옮기기는 더욱 어렵기 때문이다.

심신이 극도로 쇠약해지면 우리는 더이상 우리 자신을 인간적으로 관리하지 못할 것이다. 스스로를 인간적으로 관리한다는 것은 자신의 동물적 측면을 인간의 수준으로 통제하고 관리하는 것을 말한다. 그것을 포기하면 우리의 육체는 살아 있는 시체와 같다. 애통한 일이다.

최종 판결만을 남겨둔 채 유예된 시간을 살고 있는 시체! 초고령의 병든 육체는 어쩔 수 없이 그런 모습일 수밖에 없다.

우리는 농담반 진담반으로 이런 얘기를 주고받는다.

"뭔가 준비를 하자."

"그래, 뭘 준비할까?"

"스스로 목숨을 마감할 수 있는 수긍할 만한 방법이 있어야 하지 않을까?"

"그래, 어떤 게 있을까?"

"가와바타 야스나리의 어떤 소설에 보면 초로의 한 노인이 친구와 이런 대화를 나누는 장면이 있어. 노인은 더 늙어서 아주 추하고 비참한 지경이 되면 쓰려고 청산가리를 구해뒀다고 친구에게 말하지. 그러면서 훗날 때가 되면 그 청산가리를 운신이 가능한 한쪽이 그렇지 못한 한쪽에게 가져다주기로 약속하자고. 그런데 정작 가와바타 자신은 가스로 자살했지."

심신이 완전히 기울어진 노인은 스스로 목을 맬 수도, 창 너머로 뛰어내리기도 힘들다. 그런 마음을 품는 것 자체도 힘들지만,

어찌어찌하여 품었다 해도 실천하기가 어렵고, 그런 방식으로 목숨을 끊는 게 좋아 보이지도 않는다. 그렇다면?

나는 웃으면서 권총을 제안한다. 그걸 구해 가까이에 두고 살면서 최대한 버티다가, 이제 정말로 남은 것은 '연민과 혐오'의 부조리한 반복밖에 없구나 싶은 때가 오면 방아쇠를 당기는 것이다. 드러누워 지내는 처지라 해도 권총을 들고 쏠 힘은 있을 테니까.

그러자 그가 즉각 이의를 제기한다.

"권총은 어디서 구하는데?"

그래, 그게 문제다.

지인은 나보다 더 크게 웃으며 내게 독초를 제안한다. 옛날에 사약으로 쓰던 독초를 몇 가지 미리 구해뒀다가 때가 되면 복용하고 떠난다는 것이다.

이번엔 내가 즉각 이의를 제기한다.

"그 나이에 그걸 어떻게 달여 먹겠다고?"

우리의 대화는 걱정을 담은 한바탕 웃음으로 마무리된다. 우리는 현실을 잘 알고 있다. 권총은 구할 길이 막막하고, 독초는 어찌 구한다 하더라도 나중에 그걸 해 먹을 재간이 불확실한데, 설령 권총을 구하고 독초의 간편한 활용법을 터득한다 하더라도, 우리가 어찌 최적의 순간에 그걸 사용할 수 있겠는가. 우리는 필요 이상으로 빨리 죽거나, 기회를 놓쳐 권총도 독초도 쓸모없는 지경이 될 확률이 높다.

우리와 함께했던 한 간병인이 이런저런 얘기를 하다가 내게 말했다.

"아이고, 저는 오래 살기 싫어요."

인간으로서의 존엄이 심하게 훼손당하는 고통의 현장을 많이 봐오다보니 나오는 말이었다. 그의 마음을 백번 이해할 수 있었다.

"건강이 보장되어도요?"

하지만 내가 이렇게 묻자 그 사람은 웃으며 대답했다.

"안 아프고 잘살 수 있다면야 당연히 오래오래 살고 싶지요."

계속 생존하고자 하는 것, 이것이 모든 생명체의 기본 욕망일 것이다. 개인적 상처 때문이건 굽힐 수 없는 자신의 인생철학 때문이건, 인간과 세상에 대해 심히 비관적인 사람이라면 모를까, 대부분의 사람들은 늙고 몸이 많이 불편하다고 해서 이제 그만 죽어야겠다고 생각하고 그걸 실천에 옮기지는 않는다.

요양병원에 근무하는 어떤 네덜란드 의사가 쓴 책에서 읽은 일화가 생각난다. 세밀하게는 모르지만 그 나라는 존엄사를 인정하는데, 초고령의 한 할머니를 둘러싸고 문제가 발생한다.

그는 여러 질병으로 고통이 극심하다. 그래서 가족들이 존엄사를 원하지만 병원은 받아들이지 않는다. 왜냐하면 존엄사를 인정받을 만큼 육체가 개선 불가능하게 병들어 고통스럽다 하더라도, 환자 본인이 명백하게 자기 의사로서 죽음을 원해야 한다는 조건이 충족되지 않았기 때문이다.

그 할머니의 상황에 대해 의사는 '아이러니'라고 했는데, 사연인즉 다음과 같다.

그보다 수년 전에 할머니의 정신은 온전했다. 그리고 그때 이미 존엄사를 허락받을 수 있을 정도로 개선 불가능한 육체적 질병과 고통을 겪고 있었다. 그러나 그때 할머니는 극심한 고통에도 불구하고 더 살고 싶다는 의지를 표명했으며, 그로 인해 삶을 계속 유지했다.

그런데 수년의 세월이 더 흘러 이제야말로 누가 봐도 존엄사를 선택해야 할 시점이 되었다. 그래서 가족과의 대화를 통해 상황을 자각한 할머니는 자기 입으로 존엄사를 원한다고 의사 표시를 한다. 하지만 할머니의 그 뜻은 수용되지 못한다. 왜냐하면 그 몇 년 사이에, 할머니의 정신건강이 온전하다고 볼 수 없다는 의학적 판명을 받았기 때문이다.

권총도 독초도 없이, 전혀 아이러니하지 않게, 흐뭇하게 잠들었다가 꿈속에서 크하하, 하고 크게 한번 웃고 그대로 사망에 이르면 참으로 좋겠지만, 그런 죽음이야말로 크나큰 욕심일 것이다.

얼마 뒤에는 서울에서 후배 지인 두 명이 찾아온다. 나를 위로해주겠다는 것이다. 오후에 만나 어시장에서 회를 먹는 것을 시작으로 우리집 앞 단골 주점에서 한껏 취한 뒤 손을 흔들며 헤어진다. 세월이 세월이다보니 지극히 사소한 이 일상의 작별조차도 예사롭지가 않다.

둘은 심야 고속버스를 타고 서울로 떠나고 나는 다시 우리집으로 돌아온다. 흔히 하는 말로 즉시 뻗지만, 새벽에 속이 거북해 깨어난다. 화장실로 가서 아마도 거의 수십 년 만에, 말갛고 쓴 위액을 토하는 고독한 퍼포먼스를 연출한다. 그런 다음 홍삼액을 물에 타서 마시고 안방을 들여다본다. 눈부신 형광등 아래서 아버지가 곤히 잠들어 있다. 한밤중에 이렇게 안방을 들여다보면, 여기는 시간이 줄어들고 있는 이상한 곳이라는 느낌이 든다. 시간이 멈춘 곳이 아니라, 시간이 줄어들고 있는 곳!

나는 화이트보드에 적힌 기저귀 교체 시각을 확인하고 내 방으로 돌아온다. 고통스러워하며 드러누워 다시 까무러쳤다 깨어나니 뭔가 이상하다. 내 몸이 내 몸 같지 않고 낯설기만 하다. 가만히 있으니 여기저기 얻어맞은 것처럼 아프고 뜨거우면서 동시에 한기가 돈다. 술 몸살이라는 것이다.

오랜만에 아주 늦게 일어나 샤워하고 물을 마시고 다시 눕는다. 비몽사몽간에 하루를 힘겹게 보내고 다시 잠자리에 들어 자다 깨다 하다보니 깊은 밤이 되어 있다. 텅 빈 응접실의 소파에 묻혀서 아버지가 내는 숨소리를 듣는다. 문득 소풍을 떠나고 싶다는 생각이 든다. 단 한 시간만이라도 아버지를 데리고 햇살 가득한 초원에 다녀올 수 있다면!

내 방으로 들어와 뒤척이다가 불을 켠다. 다시 드러누워 책꽂이로 손을 뻗어 닿는 대로 『신이경神異經』이란 책을 뽑아 아무데나 펼쳐 읽는다.

동쪽에는 어떤 사람들이 있는데 남자들은 모두 붉은 옷에 흰 띠를 두르고 검은 관을 쓰며 여자들은 모두 빛깔 고운 옷을 입는다. 남녀의 아름다운 자태가 사랑스럽기는 하지만 항상 공손하게 앉아 서로를 범하지 않고 칭찬하며 헐뜯지 않는다. 다른 사람이 어려움에 빠진 것을 보면 자기 목숨을 던지면서 구하니 이름을 선善이라고 한다. 일명 경敬, 미美라고 하기도 한다. 거짓말을 하지 않고 배시시 웃기만 하니 언뜻 그들을 보면 마치 바보와 같다.*

나는 이런 유의 이른바 '유토피아에의 꿈'을 좋아하지 않는다. 그러한 꿈이 광기로 치달아 얼마나 많은 사람들을 불행하게 만들었던가. 그렇지만 지금은 이 부드러운 몽상에 푹 빠지고 싶다. 눈을 감고 동쪽의 그 나라를 그려본다.

초원이 있으면 좋겠다. 끝없이 펼쳐진 초원. 그리고 맑고 파란 하늘 아래 상쾌한 바람이 불고 있다. 초원 한쪽에 비탈진 썰매장이 있는데 아버지와 내가 그곳에서 썰매를 탄다. 둘 다 어린아이가 되어 소리치면서 미끄러져 내려가기를 반복한다. 지쳐서 드러누워

풀냄새를 맡으며 스르르 잠들어버릴 때까지.

선, 미, 경. 이런 이름을 가진 여자들이 은근한 웃음을 머금은 채 잠든 아버지와 나를 바라보고 있다. 선, 미, 경은 우리나라 여자들에게 흔한 이름자인데, 이것이 그렇게 큰 의미를 지니고 있었다니 놀라운 일이다.

잠이 든다. 오랜만에 숙면을 취하고 깨어나니 온몸을 두들겨맞은 것 같았던 술 몸살도, 눈물을 쏟듯이 쓴 물을 토해낸 불편한 위장도 모두 다 옛일이 되었다. 이렇게 삶은 끝없이 아파하면서도 알 수 없는 힘을 얻어 계속 나아가는 것이다.

---

* 동방삭, 『신이경』, 김지선 옮김, 지만지, 2008.

고도를 버리다

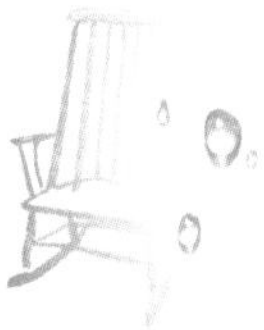

또다시 가을이 오고 있다. 저녁하늘을 나는 잠자리가 경이롭고, 들길에 핀 코스모스가 아름다운 시절이다. 이 조용한 계절에 아버지의 옷들을 정리하기로 한다. 몇 가지 불편한 점이 있어서 장롱의 일부를 비우기로 한 것인데, 우리의 이 결단에는 아버지가 자신의 옷들을 다시 입게 될 가능성이 없다는 아픈 판단이 전제되어 있다.

이 상황이 기묘하기만 하다. 아버지는 안방에 누워 계시고, 우리는 그 안방의 장롱에서 아버지의 옷가지들을 꺼낸다. 아버지는 거의 잠들어 있어서 작업이 끝날 때까지 우리가 무엇을 하는지 알아차리지 못한다. 나는 아버지가 이미 마음의 대부분을 비웠기 때문에 그런 것에는 전혀 관심이 없는 거라고 생각하기로 한다.

일차적으로 양복을 정리한다. 장롱에는 사계절 양복이 가득하다. 아주 옛날 것들까지 모두 버리지 않고 가지고 있는 탓이다. 기성복 몇 벌을 빼면 거의 맞춤양복이다. 맞춤이라는 것은 정말 아주 오래된 양복이라는 뜻이다. 그런데도 대부분이 방금 찾아온 새 옷처럼 보인다. 이게 맞춤양복의 위력이구나 하고 나는 감탄한다.

어릴 때 나는 아버지를 따라 시내의 중심 상가에 있는 한 양복점에 가곤 했다. 아버지의 단골 양복점인 그곳에 들어설 때마다 나는 신이 나고 즐거웠다. 나무걸이에 감겨 벽에 세워져 있는 엄청나게 많은 옷감들 때문이었다. 그 아름다운 행렬을 보고 있으면 그 색색가지 옷감들을 다 가지고 싶었다.

맞춤양복점 하면 떠오르는 것이 있다. 하나는 '가봉', 즉 시침질만 해서 임시로 만들어놓은 옷이다. 듬성듬성하게 대강 호아놓은 하얀 실이 고스란히 드러나 있는 이 옷을 입어보고 몇 차례 고치기를 반복한다. 그러고는 마침내 최종 양복이 완성된다. 그리고 또 하나는 양복점 상호가 인쇄된 납작한 종이 옷상자인데, 거기에 양복을 담아서 집으로 가져다주었던 것을 기억하고 있다.

내가 성인이 되었을 때 아버지가 왜 그 단골집에 나를 데려가 양복을 맞춰주지 않았는지 모르겠다. 뭔가 이유가 있었으리라. 대학에 합격하고 옷을 맞추기는 했다. 그러나 제대로 정장을 짓는 규모 있는 양복점은 아니었다. 셔츠와 바지 등을 만드는 소규모 가게였는데, 나는 바지와 콤비라고 부르는 상의를 맞췄다. 그러나 찾아서 입어보니 몸에 잘 맞지 않아서 실망만 하고 말았다.

아버지의 양복을 다 꺼내 쌓아놓고 동네 고물상에 연락하니 한 시간쯤 뒤에 육십 줄의 아주머니가 온다. 고물상의 사장이라는 그 분은 응접실에 수북이 쌓인 양복 더미를 보고 눈이 휘둥그레지더니, 그냥 가져가라는 말에 신이 나서 큰 자루에 아버지의 양복들을 담기 시작한다. 그 모습이 마치 낙엽을 마구 쓸어담는 것 같다.

아버지의 양복들이 자루 속으로 사라지는 것을 한참 지켜보고 있으려니 우리가 이렇게 할 권한은 어디에 근거한 것일까, 라는 의문이 슬며시 고개를 든다. 아버지 소유의 물건을 우리가 마음대로 처리하는 이 행위 말이다. 병든 노인은 자기 물건에 대한 권리조차 잃어버리는 게 아닌가 하는 생각에 마음이 무거워진다.

이윽고 아버지의 양복들이 모두 고물상의 큰 자루들 속으로 사라졌다. 여사장을 거들어 자루를 밖으로 내고 엘리베이터 앞에서 배웅한다. 다시 집안으로 들어와 문이 닫히는 순간, 수북하니 양복이 쌓여 있다가 없어져버린 그 빈자리가 공허하게 다가온다.

나는 요양보호사가 주방으로 간 틈을 타서 안방으로 들어간다. 아버지는 새근새근 소리를 내며 잠들어 있다. 정말이지 몸도 마음도 스스로 풍화하고 있는 것 같다. 태어나서 자신에게 주어진 긴 세월을 살았으니 이제 다 사라져야 하는 것이다. 아버지의 양복을 정리한 것은, 그 마지막 여로를 따라가는 부분적인 작별 의식이라고 생각하기로 한다.

며칠 뒤에는 나 자신과도 조금 앞당겨서, 그리고 부분적으로 작별하기로 하고 내 물건을 정리하기로 한다.

내 물건이라는 것은 대부분 책이다. 중학생 때부터 살던 집에서 이곳 아파트로 이사한 게 십수 년 전인데, 그때 되는 대로 책꽂이를 채우고 상자째 쌓아둔 그대로 지금까지 흘러왔다. 이 책들은 이전 집에 있을 때부터 사실은 상태가 좋지 못했다. 서울에서 살게 된 나한테 살짝 버림받은 책들이었다고 할까. 십대 후반부터 삼십대 초반쯤에 걸쳐 구입한 것들로, 정기간행물부터 교재로 사용했던 것, 자료용 전집류, 그리고 잡다한 단행본까지, 온갖 책들이 망라되어 있다.

하루에 네댓 시간씩, 작업은 일주일간 이어진다. 그냥 무차별적으로 버릴 수는 없기 때문에 선별을 해야 하는데, 계속 둘 책들은 이참에 닦고 손질까지 하려니 시간이 꽤 걸린다. 옛날 책들은 양장본이 아닌 경우 대부분 투명 비닐 커버를 씌워두었는데 이게 말썽이다. 세월이 흐르니 비닐이 수축되면서 책의 커버도 같이 우그러들었다. 그 비닐들을 다 벗겨내고 책 표지와 등에 묻은 때를 물티슈로 닦아야 한다.

특별히 눈길이 가는 일련의 책들이 있다. 이십대 초중반에 집중적으로 구매한 시집들이다. 그 시절 나는 이른바 무명 시인의 시집이 출간되면 즉각 구입했는데, 무슨 이유에서였는지는 뚜렷하지 않다. 그런데 오랫동안 잊고 있었던 그 이름들을 다시 보니 심란하기가 그지없다. 이 시인들은 그동안 어떻게 살았을까? 그들은 지금 다 어디로 갔으며 어디에 있는 것일까? 나는 그 시절 이후 그들 대부분의 행적을 전혀 모른다.

그렇게 저렇게 하여 천 권쯤 되는 책들을 솎아낸다. 나와 작별하고 내 방에서 사라질 것들이다. 어디엔가 기증하는 문제를 고민하다가 이별하려면 완전하게 하는 게 좋다는 생각에서 역시 그 고물상 여사장을 부른다. 싱글벙글거리는 그에게 이번엔 고물값을 내놓으라고 요구한다. 그가 헌책 값이 아니라 폐지 값으로 만오천원을 준다. 전기구이 통닭 한 마리 값이다. 좋다!

그러고 나니 박스 하나가 남았다. 박스에는 각종 연극 팸플릿이 들어 있다. 이십대 한 시절 기회만 되면 연극을 보러 다녔는데 그 유물이다. 기성 극단은 물론 대학 연극도 많이 보았다. 어떤 팸플

릿에는 몇 줄의 메모가 있다. 카프카의 〈변신〉은 누구하고 보았더라? 그러다가 어느 순간 그 여로는 뚝 끊어졌다. 왜 그랬는지 어떻게 설명할 수 있을까.

이런 식으로 하루가 지나가고, 일주일이 지나가고, 한 달이 지나가고, 한 계절이 지나간다.

일 년 전에 쓰기 시작한 경장편 하나를 끝냈다. 어떤 작은 플롯도 없이 쓰기 시작한 것이다. 내가 무엇에 대해서 쓰게 될지 나는 전혀 알지 못했다. 뭔가를 써야 한다는 강렬한 압박 속에서 전쟁터에 나서듯 길을 떠났다. 나의 언어로 없던 세계를 구축해냄으로써(당연히 그것이 허구이긴 하지만), 급격히 허물어져가는 아버지가 웅변중인 저 시간의 무정함에 대항하려고 한 것 같다.

나는 안갯속을 헤매는 방랑자처럼 흘러왔다. 그런데 신통하게도 처음부터 이렇게 작정한 것인 양 하나의 세계가 만들어졌다. 이 세계는 아버지의 마지막날들과 직접적인 연관은 없는 것이지만, 시간의 열매인 성숙 혹은 몰락과 죽음을 얘기하고 있다는 점에서는 강한 연대가 있어 보인다. 나는 죽어가는 아버지를 지켜보면서, 내 청춘의 죽음을 뒤늦게 애도하려 한 것 같기도 하다.

이 글을 쓸 때마다 므스티슬라프 로스트로포비치가 연주한 바흐의 무반주 첼로곡 모음집을 들었다. 그래서 제목도 없이 쓰기 시작한 이 작품에, 오늘 마지막 문장을 쓴 뒤 '바흐에게 바침'이라는 제목을 달았다. 그러나 잠시 뒤, 내 본심에 충실하기 위해 '신촌의 개들'이라고 고치고 아주 만족스레 흐흐흐 웃었다. 우울하고 신랄하게 연출한 이 심야 모노드라마의 앞날은 또 어떠할 것인지……

근래의 습관대로 꼭두새벽에 일어나 두 시간쯤 작업을 했다. 마지막 문장 "결코 가지 않았다"를 쓰고 노트북을 덮으며 길게 기지개를 켜고 안방으로 가서 아버지를 보았다. 마치 나를 기다렸다는 듯 창백한 불빛 아래 모로 누워 잠든 아버지의 피폐한 얼굴에 미소가 살짝 흘렀다. 마치 암흑 속에서 보는 찰나의 불빛처럼!

찌릿, 하고 내 속에 흐르는 전기를 감지하며, 한번 더, 하고 한참을 기다렸지만, 그 새벽의 미소는 다시는 떠오르지 않았다.

겨울 찬바람이 부는 바닷가를 걷는다. 옛날에는 넓고 긴 백사장이 있던 곳인데, 지금은 아스팔트로 된 해안도로가 뻗어 있다. 이 변화를 반겨야 할까 애석해해야 할까. 자연이 사라져버린 것은 안타깝지만, 흉하게 방치된 해변이 다시 살아난 것은 좋아 보인다.

이곳의 해수욕장은 오래전에 이미 수명을 다했다. 자연히 바닷가 가게들도 대부분 문을 닫고 말았다. 백사장엔 썩은 해초와 쓰레기가 널려 있었고, 수십 년째 방치된 빈 건물들은 폐허 그 자체였다. 한겨울에 고향을 찾으면 나는 혼자서 황량한 이 해변을 거닐곤 했다. 나는 그 황무지 같은 풍경을 좋아했지만, 도시 전체로 보면 고약한 골칫거리였다.

근래 들어 마침내 사람들은 그 병든 백사장을 없애버렸다. 그리고 해안도로를 건설했다. 천혜의 해변이라고 평가받았던 백사장이 사라져버렸다는 것은 애석한 일이지만, 그렇게 해서 죽어 있던 폐허와 황무지에 다시 생명을 불어넣었다고 말할 수도 있다.

백사장의 죽음과 해안도로의 탄생, 이 풍경을 두고 한 세대의 죽음과 다음 세대의 탄생을 읽는 것은 지나친 비약일까?

사람은 때가 되면 죽어야 한다. 자연은 인간을 그렇게 만들어놓았다. 우리는 태어난 순간부터 끝없이 먹이를 취하면서 자신을 성장시킨다. 그렇게 생물학적으로 사회적으로 성장하고 성취해간다. 그런 다음 늙어가고 병들어 마침내 죽음을 맞이하게 된다.

만약 우리가 늙어서도 죽지 않고 계속 목숨을 연장해간다면, 세상은 창조성을 잃고 회색빛 폐허로 몰락해가지 않을까? 전체를 생각하면 개개인은 자기 몫을 걸어간 뒤에 미련 없이 사라져야 한다. 그것이 인류에 기여하는 원초적 책무이다. 그래야 새로운 생명이 자라나고 창조가 이루어질 것이다.

아버지가 병석에 든 후부터 내 사색의 테마는 늘 생로병사를 벗어나지 못한다. 아파트 경비원들을 비롯한 이웃 사람들에게도 나는 병든 초고령의 아버지 때문에 본가에 내려와 있는 작가로 통한다. 집 근처 술집에서도 나는 그렇게 알려져 있고 그게 사실이기도 하다.

그 술집에는 여기에 내려와 있게 되면서 처음 발을 들여놓은 이래 일상적으로 드나들었는데, 손님 거의 대부분이 동네 사람들인 사랑방 같은 곳이다. 이곳에서 여러 해 얼굴을 마주치다보니 자연스럽게 친해진 내 또래 아저씨들은 이구동성으로 아버지를 요양병원에 모시라고 했다.

"당신도 늙어 병들면 요양병원에 갈 건가요?"

하지만 내가 이렇게 물으면 그들은 '예. 그렇습니다'라고 대답하지 않았다. 그들은 이렇게 말했다.

"그럴 수밖에 없지 않겠어요?"

그러니까, 현실의 장애에 의해서 그렇게 선택할 수밖에 없을 테니 그 길을 받아들이겠다는 것이다. 표정을 보면 진심으로 원하는 게 아님을 알 수 있다. 정말이지 진심으로 집을 떠나 시설로 옮겨져서 마지막 인생을 보내고 싶다고 말하는 사람을 나는 단 한 명도 보지 못했다.

우리가 사는 집은 단순한 공간이 아니다. 오랜 세월의 다양한 감정적 유대가 어려 있는, 그 어떤 다른 것으로도 대체할 수 없는 유니크한 장소다.

사람들은 내게 가장 힘든 게 뭐냐고 묻는다. 나는 시간이라고 추상적으로 대답한다. 그러면 더이상 캐묻지 않는다. 사실 기저귀를 갈고, 변을 치우는 것은 적응하고 나면 아무것도 아니다. 진짜 힘든 것은 정신의 영역에 있다. 내가 시간이라고 말한 것은 희망이 없다는 뜻이었다. 희망이 없는 시간은 고통스럽다.

희망은 다가오는 시간에 대한 기대인데, 여든여덟에 아프기 시작해 아흔을 넘긴 아버지와 같은 초고령의 환자에게 무슨 희망이 있을 수 있겠는가. 몸이 좋아져서, 라는 가정은 의미가 없다. 다음 세상을 꿈꾼다? 아버지는 오래전부터 성당에 다니는 어머니의 권유로 고령의 어느 날 세례를 받았지만, 가톨릭의 가르침을 어느 정도 신뢰하고 있는지는 알 수 없다.

이 세월은 소멸을 향해 가는 여로이지 새로운 재생을 향해 가는 여로가 아니다. 비유하자면, 해는 지고 어둠은 점점 짙어지는데 다시 새벽이 찾아오는 일은 절대로 없는 어두운 밤중과 같다. 이 현실을 당당하게 받아들이면서 태연하고 의연해지는 게 유일한 희망이라면 희망이라고 할 수 있을 것이다.

현 단계에서 나는, 아버지가 이렇게 집에서 조금씩 삶을 마감해 가다가 어느 날 자연스럽게 끝에 도달하지 못하고 또다시 병원에 입원해 강제로 생명이 연장되는 일이 없기를 간절히 바라고 있다. 그것이 마지막 남은 의학적 측면의 바람이다.

초고령의 노인이 생명을 연장하기 위해 갖은 처치를 받고, 죽지 못하도록 온갖 감시 장치를 장착한 채 중환자실의 침대 위에 누워 있게 되는 것은 끔찍한 일이다.

그렇다고 내가 현대적인 첨단 의학을 부정적으로 보는 것은 결코 아니다. 매사에 '자연스러움'을 자꾸만 강조하면서 자연에 순응하는 죽음을 주장하는 사람들이 있는데, 나는 그런 순진한 자연주의자들에게도 별로 동조하지 않는다. 순진한 자연주의자들은 의학과 같은 반자연적 문명의 혜택을 배제하면 인간다움을 성취하기가 지난하다는 사실을 부인하고 있다.

인간을 탄생시킨 자연은 동시에 인간에 대한 적의로 가득차 있다. 그냥 두면 자연은 인간을 단번에 파괴할 뿐이다. 자연은 특별히 인간을 지켜주지도 사랑해주지도 않는다. 자연은 인간에게 스스로 자신을 지킬 수 있는 능력을 주었을 뿐이다. 자연이 인간을 지켜주는 게 아니라 인간이 스스로를 지켜야 한다. 의료 행위는 자연의 맹목적 파괴에 대한 인간의 방어이자 정당한 역공이다.

내가 우려하는 것은, 초고령의 환자들이 첨단 의학에 의해 억지로 생명이 연장되는 경우다. 그렇게 되면 인간은 쉽게 죽지 못한다. 죽음의 영역으로 들어서는 사람을 강제로 잡아당겨 붙잡아두는 것과 같다. 이것이야말로 인간의 존엄성이 극도로 훼손되는 일이다.

젊은층에서는 확실히 노인에 대한 무지와 오해가 일반적이다.

그들이 특별히 인간성이 못돼서 그런 게 아니다. 그야말로 무지이고 오해다. 예컨대, 노인이 벨소리가 크게 울리는 자신의 휴대전화로 통화할 때의 그 느리기만 한 동작과 큰 목소리를, 젊은 사람들은 짜증스럽게 바라본다.

왜 빨리 전화를 받지 않는 거지? 왜 그렇게 소리를 치는 거야? 그들의 눈빛은 이렇게 묻는다. 그게 왜 그렇겠는가. 주변 사람들을 괴롭히려고 그러는 게 아니다. 단지 몸이 민첩하게 따라주지 않고 귀가 잘 들리지 않아서 그런 것일 뿐이다. 노인들이 흔히 하는 말로, 그들도 '늙어보면 비로소 알게 될 것'이다.

젊은 나이의 육체는 늙은 자들의 육체 상태를 체험할 방법이 없다. 또한 젊은 사람들은 자신이 늙지도 죽지도 않고 계속 살 것 같은 본능적인 '망상'을 가지고 있다. "메멘토 모리!"라고 아무리 말해도 그들의 귀에는 들어오지 않는다.

집에 손님이 오는 게 부담스럽다. 그들에게는 조금 불편한 나들이겠지만, 우리들에게는 많이 불편한 일이다.

누군가가 병문안을 오면 이상하게도 아버지는 평소보다 일시적으로 상태가 좀 양호해진다. 그러나 그들이 가고 나면 평소보다 더 안 좋아진다. 아마도 나름 긴장을 하기 때문이 아닌가 싶다.

어떤 정신수련원 원장을 알고 있다. 회원들이 주기적으로 찾아와서 그와 대화를 나눈다. 그 대화가 수련이다. 회원들이 얘기하는 내용은 당연히 자신들의 마음을 불편하게 만드는 것들이다. 자신의 잘못으로 인한 것일 수도 있고 타인에 의해서 당했다고 느끼는 것들도 있다. 그게 무엇이건 뭉뚱그려서 말하자면, 치워버리고 싶은데 잘 안 치워지는 마음의 쓰레기 같은 것들이다. 그 사연을 잘 들어주면서 스스로 처리할 수 있도록 원장이 도움을 주는 것이다.

나는 그 원장에게 물어본 적이 있다.

"사람들이 풀어놓는 그 쓰레기들이 당신 마음에 쌓이지는 않습니까?"

원장은 노곤하게 웃으며, 바로 그래서 주기적으로 심산深山을 찾아서 떠난다고 알려주었다. 그게 그의 치유책인 것이다. 좋은 말로 재충전이라고 하는데, 알고 보면 타인들이 그에게 떠안긴 수많은 정신적 상처들과 그로 인해 생긴 어둠, 즉 마음의 쓰레기를 처리하러 가는 것이다.

원장의 말을 듣고 나는 간병인들을 생각했다. 그들도 타인의 고통에 일상적으로 노출되어 있다. 그들은 산소를 호흡하듯이 그것을 들이마신다. 그래서 끝없이 상처를 입는다. 개중에는 아주 냉담한 사람도 있을 것이다. 하지만 그것은 그 상황을 이겨내기 위한 나름의 방책일 것이다. 밤낮으로 병자들을 위로해주는 간병인들은 누가 위로해주나?

장례식에 대한 생각을 정리해가고 있다. 내가 생각하는 바가 있지만 내 뜻대로만 할 수는 없는 일이다. 결혼식과 마찬가지로 이런 일도 '집안일'에 속하기 때문이다. 나는 극히 소박하게 가족들끼리만 장례를 치르길 원하지만, 세상 사람들의 눈과 감정을 생각하지 않을 수가 없다.

흔히 하듯이 장례식을 치르되 조의금을 받지 않기로 하는 타협책도 몇 가지 이유 때문에 결국 실천하지 못하고 말았다.

나는 아버지가 어떤 형태의 장례를 원하는지 들은 바가 없다. 그래서 어머니와의 대화를 통해 정보를 취합해보지만 확실하지가 않다. 수년간, 얘기할 때마다 달라져서 화장과 매장과 기타 사이를 오갔다. 그러다가 매장이나 화장, 이 둘 중의 하나라는 것은 결정되었다.

어느 쪽이건 땅에 묻고 묘지를 만들게 될 것이다. 화장을 하고 유골을 납골당에 보존하는 것은 배제한다. 화장 방식은 개인적으로 선호하지만, 납골당에 대해서는 납득하지 못하겠다. 왜 시신을 자연으로 돌려보내지 않는 것인지. 그것은 가둬두는 게 아닌가. 세월이 아무리 흘러도, 납골당 전체가 풍화해 자연으로 돌아가지 않는 한, 그곳의 유골은 영원히 그 좁은 상자에 갇혀 있게 될 것이다. 죽은 육체는 모두 자연으로 돌아가야 한다.

물론, 나와 다른 생각도 있다는 것을 나는 잘 알고 있으며 그 생각을 존중한다. 나 자신은 다르게 생각한다는 것일 뿐이다.

최종적으로 가장 전통적인 방식을 따라서 매장하기로 하고 묘원에 묘지 두 기를 구입해둔다. 어머니 몫까지 함께 마련한 것이다. 그걸 구매하고 나니 마음이 편안해지는 것은 무슨 이유 때문인지 모르겠다. 내가 묻힐 묘지도 구입해둘까 하는 생각마저 들었다.

베란다의 화분에 심어진 배추가 꽃을 피우기 시작한다. 조그만 모종을 심은 것인데 다 자란 뒤에도 채취하지 않고 두니 계속 자라나서 마침내 꽃을 피운다. 배추는 금세 채취해 먹어버리기 때문에 평소에는 꽃을 볼 일이 없다. 그냥 계속 키워보면 가운데에서 긴 꽃대가 자라나는데, 그 꽃대에서 뻗어나온 매우 많은 숫자의 가느다란 가지에 새끼손톱보다 작은 노란 꽃들이 잔뜩 매달려 핀다. 가지가 하늘거리는 모습이 어사화를 연상시킨다.

꽃은 제법 그 모습을 유지한다. 그러나 당연한 말이지만 계속 가만히 두면 마침내 모든 꽃들이 지기 시작한다. 소멸을 향해 시들어가는 것이다. 사람과 조금도 다를 바 없이 자기 수명의 마지막에 도달한 배추도 세포가 죽고 면역력이 떨어지면서 부패해간다. 그 모습은 추하며 나쁜 냄새가 난다. 하지만 모종부터 시작해 일상을 쭉 함께하면서 아름다운 노란 꽃을 보여준 배추라면 그 추한 모습도 기꺼이 견딜 만할 것이다.

우리집을 방문한 어떤 여인이 곤하게 잠들어 있는 아버지를 보고 나서 이렇게 말한 적이 있다.

"할아버지는 행복한 분이에요. 집에서 이렇게 지내실 수 있다는 게 얼마나 큰 복인지 몰라요."

나에게는 이런 유의 말이 크나큰 위로가 된다.

서울의 어떤 사람에게서 전화가 온다.

"어떻게 지내세요? 아버님은 좀 어떠세요? 이선생님은요?"

연속된 그 질문에 나는 이렇게 대답한다.

"글쎄요, 『고도를 기다리며』 같아요."

"아, 네."

그 말로 다 통한다.

사뮈엘 베케트의 희곡 『고도를 기다리며』는 나의 애독서 중 하나다. 앙상한 한 그루 나무만이 서 있는 무대도 좋고, 실체를 알 수 없는 고도라는 말도 좋고, 모두들 그 고도를 기다리며 하루하루를 보낸다는 이야기도 좋고, 아무리 기다려도 그 고도가 오지 않는다는 결론도 좋다. 딱 내가 느끼는 인생의 모습 그대로이기 때문이다.

전화를 끊고서 나는 앞서 작별한 아버지의 양복들과 나의 책들을 생각한다. 그리고 고도를 생각한다. 아버지의 고도를, 그리고 나의 고도를, 그리고 우리들 각자의 고도를! 없는 것, 그래도 우리가 기대는 것, 그러나 영원히 오지 않는 것! 마치 산봉우리 위로 떠오른, 붙잡을 수 없는 무지개 같은!

병든 초고령의 아버지는 무엇을 기다리는가? 그 곁에서 동행하는 나는 무엇을 기다리는가? 하지만 인생은 마지막에 나타날 결정타를 기다리는 여로가 아니다. 그 마지막 기다림조차 버리고 아무것도 아닌 것이 되어 슬며시 사라져가는 것이다. 나는 그 사실을 느끼며 깨달아가고 있다. 고도조차도 버려야 한다.

그렇게 또 일 년여가 흘러간다.

아버지가 내민 손

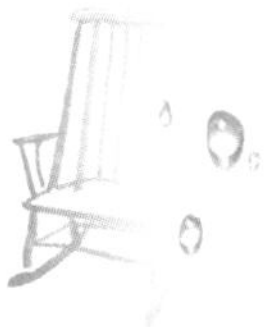

바람이 차가운 겨울 저녁이다. 나는 아버지가 잠든 것을 보고 옷을 단단히 입은 뒤 바닷가까지 걷는다. 가끔씩 충동적으로 찾는 산책 코스의 하나인데, 오늘은 이따가 밤에 약속이 있기도 하다. 나는 차량 통행이 많은 거리를 지나 한적한 길을 걸어 항구의 아치형 다리를 건넌다. 어깨를 나란히 한 작은 어선들이 바람에 삐걱거리고, 어시장의 불빛이 찬란하다. 이 시간에 바다로 나가는 배는 없을 것이다.

나는 어둠이 내린 소나무 숲을 지나고 해안도로를 건너 파도가 치는 바다를 마주하고 선다. 주변에 사람이라고는 없다. 바람에 나부끼는 외투를 여미며 찬 공기를 배부르게 들이마신다. 발아래까지 검은 바다가 밀려와 하얗게 부서지기를 되풀이한다. 하늘에는 별빛이 있고 제철 공장에는 불빛이 있다. 그리고 검은 바다 저멀리 건너편에도 별처럼 반짝이는 작은 불빛들이 있다.

'저 불빛은 뭘까?'

누구나 그렇게 물을 만하다. 왜냐하면 그 불빛이 제법 아득하고 아름답게 보이기 때문이다. 이렇게 바람이 부는 추운 겨울밤에는 더더욱 그렇다. 그러나 나는 그 아름다움이 보는 이의 마음이 만들어낸 환상임을 잘 알고 있다. 몹시 궁금해 밝은 대낮에 그곳을 찾아가본 적이 있는데, 별처럼 아름답게 반짝인 그것은 몹시 빈궁한 어촌의 초라한 전등불이었다.

아름답게 느낄 줄도 알아야 하고, 그것의 실상이 뭔지도 알아야 한다. 그것이 육체와 정신을 가지고 있는 인간의 삶이다.

내 기억의 가장 먼 어린 시절도 검은 바다 건너 저멀리 있는 그 불빛들 같았다. 나는 전기도 들어오지 않는 초가집에서 어린 시절을 보냈다. 마당의 한쪽에는 닭장과 돼지우리가 있고, 한가운데는 우물이 있는 그런 집이었다. 장마철이면 온 마을에 물난리가 났고, 겨울은 길고 지루하고 추운 동토였다.

하지만 내게는 그 시절이 천국이었다. 내 마음이 그렇게 간직하고 있다. 어른들에게 그 현실은 지극히 힘들었을 것이다. 그러나 어린 나는 그런 사실을 제대로 인식하지 못했다. 그 무지 속에서 나는 시골의 산천을 마음껏 즐길 수 있었다. 무엇보다도 아버지가 어린 나에게 관대한 자유를 베풀어주었기 때문이다.

아버지는 참으로 말이 없는 사람이었다. 나는 아버지로부터 명령이라고 할 만한 것을 거의 들어보지 못했다. 요즘 기준으로 보자면 결코 바람직하지 않지만, 아버지와 내가 나눈 대화 자체가 얼마 되지 않았다. 물론 어린 시절의 천국 같았던 그때는 좀 달랐을 것이다.

고교 시절에 내 인생의 위기가 왔을 때였다. 억압적인 시대 상황을 거울처럼 따르고 있던 학교의 분위기를 견딜 수가 없었다. 그런 시절에 하숙집으로 아버지의 편지가 날아왔다. 잘 지내고, 공부를 이렇게 저렇게 해보라는 충고가 적혀 있었다. 아침 시간 활용법, 예습 복습 방법 등등.

앞서 말한 바 있지만, 그것이 내가 아버지로부터 받은 유일한 편지였다. 하지만 죄송하게도 나는 편지에 쓰여 있는 아버지의 충고를 따르려고 해보지 않았다. 원래 그런 것 아닌가. 부모의 충고를 고스란히 실천해보는 자식은 없지 않던가. 그런 관심에 대해서 그저 고마워할 뿐.

고3이 되자 마침내 나의 인내심이 바닥에 이르렀다. 어쩔 수가 없었다. 그것도 내 생존의 한 방식이었다. 나는 더이상 억지로 견디면 죽을 것만 같아서 학교에 가지 않았다. 봄볕이 찬란하던 어느 날 전격적으로 대구 하숙집을 떠나버렸다.

포항으로 내려온 나는 매일 야구방망이와 기타를 들고 형산강 강둑으로 나갔다. 거기서 작은 돌멩이를 잔뜩 모아 강물을 향해 그것들을 방망이로 쳐서 날려보냈다. 그러다가 기타를 치며 노래를 불렀으며, 풀밭에 드러누워 곤충들과 장난을 치다가 배가 고프면 집으로 돌아오곤 했다.

어느 날 아버지가 나를 술집으로 데려갔다. 조명이 은은하고 바가 있는 자그만 양주 집이었던 것 같다. 아버지가 맥주를 권했으나 나는 마시지 않았다. 나는 반항적인 아이였지만 술 담배는 하지 않았다. 고2 겨울방학 때 어떤 '못된' 놈이 하숙집으로 가져온 소주를 딱 한 잔 마시고 엄청 토했던 적이 한 번 있을 뿐!

그때 아버지가 내게 무슨 말을 했던지 기억이 가물가물하다. 아버지는 길게 얘기하지 않았다. 내가 고분고분 들으려고 하지도 않았던 것 같다. 아버지는 우리 사회에서 이른바 학연이 얼마나 중요한지 설명했던 것으로 기억된다. 아버지 자신이 겪은 어려움을 예로 들면서 얘기했다. 얼마 동안 함께 그 술집에 앉아 있었는지도 불명확하니, 참으로 부실한 기억력이 아닌가!

군대를 마치고 진로 문제로 갈등하던 시절이 있었다. 박사과정에 진학할 것인가 취직을 할 것인가를 놓고 나는 고민에 빠져 있었다. 사실 그 둘 다 하고 싶지 않았다. 정말 그렇게 하고 싶다는 큰 열정이 내 속에서 전혀 끓어오르지 않았기 때문이다. 나는 가능하기만 하다면 어느 산골에 처박혀 책이나 읽으며 조용히 살고 싶었다.

그러나 결국 부모님의 은근한 바람이 느껴져 진학을 결정하고 시험공부에 들어갔다. 그때는 박사과정 시험이 쉽지 않았다. 수십 명의 지원자에 많아야 대여섯 명을 뽑았기 때문이다. 게다가 전공 공부는 물론 영어에다 내가 불어를 선택한 제2외국어까지 제대로 준비해야 했다. 단조롭게 반복되는 하루하루는 끝이 보이지 않는 마라톤 같았다. 나는 주기적인 음주로 스트레스를 풀었는데, 한번은 과음한 다음날 아버지께서 이렇게 힐난하셨다.

"무슨 술을 그렇게 마시냐?"

당연히 걱정이 되어서 한 말이었을 텐데, 그걸 몰라서가 아니라 조심성이 없다보니 내 입에서 즉각 이런 말이 튀어나갔다.

"아버지도 그러셨잖아요!"

아버지의 마음이 많이 불편했을 것이다. 어쩌겠는가. 아버지와 아들은 이런 관계다.

나는 찬바람에 얼얼해진 몸을 택시에 싣고 집 앞으로 와서 익숙한 그 술집으로 간다. 거기서 트럭을 모는 지인과 밤늦도록 술잔을 기울인다. 이런 날은 뜻하지 않은 눈이라도 펑펑 쏟아지면 좋으련만, 집으로 들어가는 길은 어떤 변화도 느껴지지 않는다.

종종걸음으로 아파트 단지를 가로질러 집으로 온다. 밤 한시다. 옷을 갈아입고 손을 씻고 양치질을 한다. 그리고 안방으로 간다. 나에게는 눈부시지만 본인에게는 은은한 게 분명한 형광등 불빛 아래서 아버지는 어렴풋이 깨어 있다. 낮밤이 바뀐 지 오래다. 고쳐지지 않는다. 밤에는 깊이 잠들기를 짧게 반복하면서 어렴풋한 비몽사몽과 완전히 깬 상태를 왔다갔다한다.

나는 시간이 줄어들고 있는 이 기묘한 공간으로 들어선다. 아버지가 고개를 돌리고 누가 들어오나 본다. 회색 모직 남방이 잘 어울린다. 이불에 가려진 하의는 연한 녹둣빛 운동복이다. 일어설 수 있다면 참으로 좋으련만. 아버지가 내 쪽으로 몸을 돌린다. 그러면서 이불 밖으로 한쪽 손이 나온다. 그 손에 초록색 묵주를 감아쥐고 있다.

이불 아래로 손을 넣어본다. 따뜻하다. 방바닥도 그렇고, 요 위에 설치한 전기 매트도 양호하다. 밥상에 놓인 물컵에는 물이 가득하다. 아버지는 자신이 마셔서 물이 줄어들면 때로 한밤중에도 소리쳐서 물을 달라고 했다. 한밤중인지 알지 못하기 때문일 것이다. 안다면 일부러 그 시간에 소리쳐서 사람을 깨우지는 않을 테니.

그러고 보니 이곳에서는 시간이 줄어들고 있을 뿐만 아니라 앞

뒤 순서도 해체되어가고 있다.

“기저귀 좀 봐요, 아버지.”

이불을 들추고 모로 누운 아버지의 몸을 반듯하게 돌린다. 그리고 선 채로 상체를 굽혀 기저귀를 열고 상태를 본다. 화이트보드에 적힌 교체 시각이 애매하다 싶더니, 지금 반드시 갈아줘야 할 정도는 아니지만 아침까지 그대로 두면 넘쳐버릴 수도 있는 상태다. 이른 새벽에 교체하는 것이 딱 알맞겠으나 지금 교체하기로 한다. 기저귀가 낭비되는 면이 있지만, 그렇게 해두면 여러모로 편하기 때문이다. 그 편리가 돈값을 받는 셈이다.

새로운 기저귀를 꺼내서 펼치고 속기저귀를 안에 넣어 스탠바이 상태로 둔다. 아버지의 하의를 발목까지 끌어내린다. 그런 다음 가느다란 두 다리의 오금에 한쪽 팔을 넣고 엉덩이를 들어올려 소변으로 젖은 기저귀를 빼낸다. 그리고 아버지의 몸을 옆으로 돌려 모로 누운 자세가 되게 하고 드러난 엉덩이 아래에 준비해둔 새 기저귀를 넣는다. 이어서 반대편으로 몸을 돌려 기저귀를 온전히 펼친 다음, 정면으로 누운 자세에서 적절히 여미고 고정시킨다.

아버지는 체격이 큰 편에 속한다. 그래서 이렇게 두 다리를 한쪽 팔뚝에 걸쳐서 드는 식으로 작업하는 것은 기저귀를 빼낼 때나 가능하지 기저귀를 채울 때는 불가능하다. 기저귀를 빼낼 때도 상대적으로 힘이 약한 여자들이 한쪽 팔로 엉덩이 전체를 들어올리기는 만만치 않을 것이다.

나는 하의를 끌어올리고 이불을 덮는다. 아버지가 몸을 옆으로 돌린다. 두 손이 이불 밖으로 나온다. 손에 감아쥔 묵주를 다른 손으로 잠시 만지작거린다. 무슨 생각을 하고 있는 것일까? 아니, 여기는 시간도 육체도 마음도 없어져가고 있는 곳이다. 아직 죽음과 멀리 있는 나는 이 사실을 자꾸만 잊는다.

나는 아버지의 머리맡에 쪼그려앉는다. 발뒤꿈치를 들고 있는 상태다. 잠시 그렇게 있다가 일어서겠다는 의사가 반영된 자세다. 나는 그런 상태로 아버지 머리를 쓰다듬는다.

이전에 처음으로 이렇게 머리를 쓰다듬었을 때는 기분이 묘했다. 충동적으로 그런 행동을 개시하긴 했지만 주저되고 낯설었다. 어른인 아버지의 머리를 아버지의 아들인 내가 쓰다듬고 있는 게 아닌가. 그런데 아버지가 내 아이처럼 순한 모습으로 가만히 받아들이는 것을 보고 나는 놀랐다.

머리를 쓰다듬으면서 나는 아버지에게 말한다. 마음을 편하게 가지시라고, 걱정하지 마시라고, 반복해서 그 말을 한다. 내 말을 알아듣는지 아버지는 고개를 끄덕인다.

이때다. 내가 균형을 잃는다. 순식간의 일이다. 추운 데서 따뜻한 집에 들어와 있으니 취기가 더 많이 오른 모양이다. 나는 휘청

하며 앞으로 고꾸라진다. 머리가 거의 직각으로 떨어져 바닥에 박힌다. 목에 체중이 몽땅 실려버린다. 부러진 듯이 아프다. 나도 모르게 "악!" 소리가 입에서 터져나온다. 그 정도로 목에 무리가 갔다. 어디가 찢어지거나 부러진 것처럼 심하게 아프다.

나는 털퍼덕 주저앉아 손으로 목을 감싼다. 벼락이라도 맞은 기분이다. 그때 무슨 소리가 들린다.

"어어어" 하고 아버지가 웅얼거리는 소리다. 아픈 고개를 돌리고 보니 아버지가 한 손을 약간 들고서 내 쪽으로 뻗은 채 소리를 내고 있다. 정확히 나를 바라보고 있다. 분명히 걱정하는 표정이다. 나에게 비정상적인 일이 벌어졌다는 걸 아버지도 알아차린 것이다.

"괜찮아요" 하니 아버지의 눈빛이 변한다. 살짝 뻗은 손도 내린다. 우리가 이렇게 깊이 교감하고 있구나, 하는 생각에 내 가슴이 찡해진다.

나는 찬찬히 목을 만져본다. 충격이 심하지만 탈이 난 것 같지는 않다. 며칠 걸리겠지만 정상으로 돌아올 것이다. 목을 옆으로 돌릴 때 몹시 아파서 그 동작을 반복하니 그러는 나를 아버지가 계속 지켜보고 있다. 나는 그렇게 아버지 곁에 한참 앉아 있고, 몸도 마음도 다 쓰고 이제 얼마 남지 않은 아버지가 내 걱정을 하고 있다.

얼마 뒤에 아버지는 잠이 든다. 어느새 새근새근 숨소리를 내고 있다. 이상하게도 잠든 얼굴은 깨어 있을 때보다 더 피곤해 보이고 힘들어 보이고 고통스러워 보인다. 왜 그런 것일까? 나는 알지 못한다. 그저 한참을 그 자리에 앉아서 평화를 기원할 뿐이다.

같은 그 겨울, 맑고 차갑고 건조하던 어느 날 아침에 아버지는 조용히 숨을 거두었다. 마치 스펀지에 물방울 하나가 스며들듯, 마치 바싹 마른 나뭇잎 하나가 슬며시 떨어지듯, 한순간에 떠나버렸다.

더이상 아무것도 남은 게 없구나, 하고 나는 생각했다. 아버지의 몸도 마음도 다 소진되었구나, 하고 나는 생각했다. 그렇게 훨씬 더 멀고 큰 여로에 오른 아버지를, 나는 슬프지만 기뻐하며 배웅해드렸다.

안녕, 아버지, 안녕!

최고의 선물

무르익은 봄날이다. 묘원으로 가는 길은 한적하고 내 마음은 한가롭다. 하늘은 파랗고 구름도 적당히 끼었다. 구불거리는 논밭 사이 농로를 지나 꽃집 앞에서 멈춘다. 화사한 빛깔의 조화와 막걸리 한 통을 사 들고 다시 달려간다.

이윽고 묘원에 도착한다. 나지막한 산줄기를 양쪽에 두고 가운데에는 분지처럼 완만한 경사지가 있다. 산이 높지 않고 모양이 들쑥날쑥하지 않아서 좋다. 보는 사람에게 안정감과 편안한 느낌을 준다. 이곳에 묘지를 택한 것도 그 때문이었다.

사열하듯이 완만한 경사로를 올라간다. 그리고 왼쪽으로 돌아서 아버지가 묻힌 가톨릭 구역으로 들어간다. 넓은 평지가 시원스레 펼쳐져 있다. 꽃을 꽂고 주변을 정리한 다음 제단에 막걸리와 북어포, 전병과 과일과 빵 등을 극히 간소하게 차리고 절을 한다.

나는 옛날식의 까다로운 제사 의식에 무심한 편이다. 무의미하게 여기지는 않지만 그렇다고 남다른 의미를 부여하지도 않는다. 중요한 것은 고인과 마음의 교류를 계속해나가느냐 아니냐 하는 것이다. 격식을 갖춰 잔뜩 차린 음식과 까다로운 절차의 절하기는, 가능한 온갖 추모 양식들 중의 하나일 뿐이다. 꼭 그 방식이어야 할 이유는 세상 어디에도 없다.

운전은 내가 하지 않으므로 막걸리를 몇 잔 마신다. 햇빛 탓인가, 분위기 탓인가. 금세 몽롱해진다. 아버지 앞에 놓았던 북어포를 물어뜯어 씹는데 멀리 반대편 입구에 새로운 손님이 나타난다. 우리가 지난겨울 그랬듯이 누군가의 시신을 싣고 사람들이 오고 있다. 그들의 행렬이 우리 앞을 지나간다. 창밖으로 우리를 내다보고 있을 것이다. 평화로워 보인다고 생각할지도 모른다.

승용차와 장의차가 모퉁이를 돌아간다. 경사지를 따라 내려가면서 이내 시야에서 사라진다. 그 빈자리에 부풀어오르는 햇빛을 보고 있으니, 그해 여름 마치 전쟁이 터지듯 막이 오른 아버지의 마지막 여로가 떠오른다.

인간은 누구나 살 만큼 살고 나면 본격적인 노화를 거쳐 죽음의 과정에 들어간다. 재론이 되지만, 우리나라 사람들은 인생 말년에 이르러 평균 칠 년의 병치레 끝에 사망에 이른다고 한다. 인간의 마지막날들은 세포가 본격적으로 죽어가는 기간이다. 심장, 뇌, 신장, 허파, 눈, 귀, 전립선, 무릎연골 등, 모든 장기에서 세포가 파괴된다.

그 과정에 들어간 사람의 모습이 어떻겠는가. 막바지로 갈수록 애처로워지고 혐오스러워진다. 육체는 무능해 자신의 대소변을 관리하지 못하게 되고, 정신도 혼돈에 빠져 때로 엉망진창으로 뒤엉켜버린다. 한 바퀴 돌아서 유아의 상태로 되돌아가는 것이다. 하지만 유아의 경우와 달리 여기서는 더이상 희망이 없다. 유아는 아름다운 개화를 위해 맹렬히 상승해가지만, 늙고 병든 사람은 죽음을 향해 기울어질 뿐이다.

따라서 이들에게 필요한 것이 무엇인지는 자명해진다. 그들이 그러한 육체적 정신적 고난을 잘 버텨내고 최소한의 자립과 존엄을 유지하면서, 자기 삶의 터전과 사람들과의 감정적 유대로부터 분리되지 않고 생을 마감할 수 있도록 최대한으로 도와주는 것이다.

사회학자 노르베르트 엘리아스는 말한다.

양로원에 들어가는 것은 오랜 감정적 유대가 최종적으로 끊어지는 것을 의미할 뿐 아니라 그 개인이 어떤 긍정적·정서적 관계도 맺은 적이 없는 사람들과 같이 살아야 함을 의미한다. 건강을 살펴주는 의사와 간호사가 있다는 것은 좋은 일이다. 그러나 노인들은 정상적인 삶으로부터 격리되고 낯선 사람들과 같이 살아야 한다. 그것은 개인에게는 고독한 일이다.

오늘날처럼 조용하게, 위생적으로, 고독감을 조장하는 사회적 조건 속에서 죽게 되는 건 역사상 유례없는 일이다.

현대적 병원이 제공하는 특별한 배려 속에서 죽어가는 사람은 최신의 생물·물리적 전문지식에 따라 간호를 받지만, 거기에는 어떠한 감정적 몰입도 존재하지 않는다. 환자는 철저한 고립 상태에서 죽을 수도 있다.

죽어가는 사람이 병원보다 집에서 죽기를 원한다면 어찌해야 하는가? 집에 있으면 더 빨리 죽을 수도 있다. 그러나 죽어가는 사람은 바로 그것을 원하는지도 모른다.*

그래, 과연 무엇을 해야 하는 것일까?

나는 삼 년 반을, 정확하게는 1254일을 직접 겪어봤지만 솔직히 오늘날 우리 현실에서 무엇을 어떻게 할 수 있는지 모르겠다. 분명히 지금과는 다른 방식으로 변화되어야 하고, 사람들의 생각도 충분히 획기적으로 바뀌어야 한다. 지금처럼 늙어서 병이 들면 당연하다는 듯 요양시설로 보내는 방식은 가능한 한 빨리 재고되고 개선되어야 한다.

생활용품과 같은 소비재는 끝없이 새로운 것이 개발되고 있는데 반해, 노화와 죽음을 어떻게 다룰 것인가 하는 문제는 전혀 제대로 관심을 받지 못하고 있다. 그 무관심을 상업자본이 맹렬히 이용하고 있다. 오랜 삶의 현장에서 분리된 노화와 죽음이 위생적으로 포장되어 가족들에게 판매되고 있는 것이다. 다양한 상품들 때문에 사람들은 모든 것이 잘되고 있는 것으로 착각하고 있다.

이것은 결국 돈의 문제인데, 의료보험료를 올리는 등, 사회적 합의를 통해 필요한 작업을 미루지 말고 서둘러 집행해야 한다. 우리나라 사람들은 건강에 관한 사보험에 관심이 많고 실제로 돈도 많이 넣고 있다. 그 반의 반의 반만큼이라도 국가 사회 차원의 의료보험에 관심을 기울였으면 좋겠다. 그것만으로도 상당 정도의 문제를 해결할 수 있을 것이다. 사회 전체에 문제가 생기면, 개인의 안락은 위협받을 수밖에 없다. 혼자만의 행복이란 한계가 있는 것이다.

많은 문제들이 있지만 특히 마치 수용소처럼 수백 명의 노인을 집단으로 관리하는 지금의 제도는 시급히 개선되어야 한다. 육체적으로 정신적으로 온전하지 않은 병든 노인 수백 명을 소수의 사람들이 헌신적으로 혹은 마지못해 돌보는 이러한 방식은 하루빨리 개선되어야 한다. 이것은 급속한 고령화로 인해 급증하는 노인 환자에 대한 응급 대응에 지나지 않는다. 이 수준으로 제도가 고착되어서는 안 된다.

그런 점에서 빈집을 이용해 노인 돌보기 시스템을 만들고 있는 일본의 최근 사례는 참조할 만한 것이다(경향신문, 2014. 5. 23).

이 사업의 핵심은 특별히 지어진 시설이 아니라 '내가 살아오던 집'과 비슷한 주택을 이용하기 때문에 노인들에게 정서적인 안정과 유대감을 지속시켜준다는 데 있다. 또하나 중요한 것은 한 집에 열 명 이상은 절대로 수용하지 않는다는 원칙을 지킴으로써, 역시 집에서 쫓겨나 병원 같은 시설에 수용되어 있다는 고립감과 고독감을 주지 않는다는 것이다.

물론 일본의 이 사례가 우리에게 그대로 적용될 수는 없을 것이다. 무엇보다도 중소도시라면 모를까, 우리나라 인구의 대부분이 모여서 살고 있는 대도시에는 도대체 빈집이라는 게 없다. 그럼에도 내가 일본의 이 사례를 소개하는 이유는 이런 식으로 주어진 환경에 맞춰서 새로운 모델을 개발하려고 애써야 한다는 것을 일깨우기 위해서다.

바야흐로 백 세 시대라고들 한다. 수명이 길어진다는 것은 우리가 겪어야 할 노화와 죽음의 과정 또한 더 길어진다는 뜻이다. 빛이 비치면 반드시 그림자가 지기 마련이다. 우리는 죽음에 대해 더 많이 성찰하고 더 많이 익숙해져야 하며, 이 초고령 사회가 장차 어떠할 것인지, 그리고 장차 어떠해야 할 것인지, 신속하고 심도 있는 전 사회적 차원의 성찰과 설계에 나서야 한다.

햇살에 얼굴이 따갑다. 빨갛고 노랗고 하얗고 파란 플라스틱 꽃들이 눈부시다.

나는 아버지 근처의 다른 무덤들을 기웃거린다. 비석의 뒷면에 새겨진 글을 읽어본다. 망자의 인연들이, 그들의 이름이 줄을 이루고 있다. 자식들을 위시해 사위, 며느리, 손자 들까지. 그게 무엇이겠는가? 죽음을 향해 우리가 그 뒤에 줄을 서 있다는 뜻이 아니겠는가!

누구나 원하는 마지막이 있을 것이다. 각자의 인생철학과 좋아하는 것들에 따라서 천차만별이겠지만, 대체로 어떠한 것이 바람직한지는 자명한 것으로 보인다.

언제 죽음이 찾아오고, 어떤 방식으로 죽어가게 될지 모르지만, 고통 없이 그리고 뭐가 뭔지 모르지 않고 내가 주변 상황을 제대로 인지해 그것에 반응하는 상태에서, 긴 세월 교감해온 가까운 인연들과 계속 교류하면서, 그러니까 존경받아야 할 전문가들이지만 나의 인생과는 무관한 의료인들에 둘러싸여서가 아니라 가까운 인연들과 일상의 시간을 함께하면서, 그리고 욕심이 아니라면 너무 오래 끌지 않고 마감되는 축복, 이것이 누구나 원하는 마지막 여로가 아닐까.

그러나 우리가 원하는 대로 된다는 보장은 없다. 그러니 공포와 불안에 빠져 나의 주체성을 상실해버리거나, 비이성적인 기대와 욕심에 사로잡혀 헛된 의술에 몸을 맡김으로써 결과적으로 나를 학대하게 되는 일이 없기를 바라기로 하자.

그리고 최종적으로는, 그 양태가 어떠하건 간에, 즉 우리가 바라고 모두가 반길 만한 것이건 우리가 전혀 원하지 않고 모두가 얼굴을 찌푸릴 만한 것이건, 노화와 질병과 죽음은 자연의 섭리라는 것을 인정하고 기꺼이 받아들이기로 하자.

나는 어느 날 갑자기 아프기 시작해 급격히 허물어진 아버지로 인해 죽어가는 인간의 시간을 적나라하게 겪어보았다. 나는 죽어가는 한 인간과 밀착해 보살피고 관찰하고 성찰하면서 삶과 노화와 질병과 죽음, 그리고 그에 대처하는 우리의 현실에 대해 많은 객관적 배움과 마음의 가르침을 얻었다.

그 배움과 가르침은 늙고 병든 아버지, 즉 그 허물어져가는 정신과 육체가 나에게 많은 질문을 내놓았기 때문에 가능한 것이었다. 나는 그 질문들에 응답함으로써 답을 구하려고 애썼다. 모든 질문에 대답을 얻은 것은 아니지만 다른 곳에 있었더라면 전혀 불가능했을 많은 이해를 얻을 수 있었다. 이것은 도통 말이 없는 분이었던 아버지가 나에게 준 최고의 선물이었다. 이에 깊이 감사한다.

---

* 노르베르트 엘리아스, 『죽어가는 자의 고독』, 김수정 옮김, 문학동네, 2012.

펜을 놓으며, 아버지 못지않은 고령의 몸으로 아버지의 마지막 세월을 꿋꿋이 함께한 어머니에게 특별히 감사와 위로의 말씀을 전한다. 그리고 지금 누군가의 곁에서 아픔을 나누고 있는 사람들과 누군가의 마지막날들을 함께한 뒤 슬퍼하고 있는 사람들에게, 이 글이 작으나마 위로가 되기를 바라면서, 누군가를 대신해 외로운 병자를 돌보고 있는 세상의 모든 간병인들에게 이 책을 바치기로 한다. 그들이 하는 일은 우리를 대신해 밤낮으로 화마와 싸우는 소방관들의 노고만큼이나 숭고해 보인다. 그들 모두에게 힘과 평안이 늘 함께하기를 기원한다.

아버지는 그렇게 작아져간다
길고 느린 죽음의 여정에서 우리가 할 수 있는 것들

1판 1쇄 2014년 12월 11일
1판 3쇄 2015년 12월 24일

지은이 이상운 | 펴낸이 염현숙
책임편집 고선향 | 편집 이연실 | 독자모니터 전혜진 | 디자인 김선미
마케팅 방미연 우영희 김은지 | 홍보 김희숙 김상만 한수진 이천희
제작 강신은 김동욱 임현식 | 제작처 영신사

펴낸곳 (주)문학동네
출판등록 1993년 10월 22일 제406-2003-000045호
주소 413-120 경기도 파주시 회동길 210
전자우편 editor@munhak.com | 대표전화 031) 955-8888 | 팩스 031) 955-8855
문의전화 031) 955-8889(마케팅), 031) 955-1910(편집)
문학동네카페 http://cafe.naver.com/mhdn | 트위터 @munhakdongne

ISBN 978-89-546-2662-0 03810

* 이 도서의 국립중앙도서관 출판시도서목록(CIP)은 e-CIP홈페이지(http://www.nl.go.kr/ecip)와
국가자료공동목록시스템(http://www.nl.go.kr/kolisnet)에서 이용하실 수 있습니다.
(CIP제어번호: CIP 2014034240)

www.munhak.com